「イグニス将軍！
俺もイグニス将軍みたいに
なれるかな？」
「なれるとも。
皆を守りたいという気持ちがあれば」
クロの戦記14
異世界転移した僕が最強なのは
ベッドの上だけのようです

「大地の騎士！
イエローナイトですッ！」
「光の騎士、
ホワイトナイト」
六神戦隊ナイトレンジャー
参上！

「闇の騎士！ブラックナイトでありますッ！」
「私は炎の騎士――レッドナイトだ」
「風の騎士、グリーンナイト」

「ふふ、足蹴にされているのに
クロノは変態だね」

クロの戦記14

異世界転移した僕が最強なのは
ベッドの上だけのようです

サイトウアユム

HJ文庫
1154

口絵・本文イラスト　むつみまさと

序章『炎の騎士レッドナイト』―― 005
第一章『六神戦隊★ナイトレンジャー』―― 011
幕間『略奪、アリデッド盗賊団』―― 098
第二章『新たなる戦士、その名は――』―― 110
幕間『防衛、アリデッド盗賊団』―― 179
第三章『偽ナイトレンジャー現る』―― 187
幕間『壊滅、アリデッド盗賊団』―― 261
終章『下剋上』―― 283

Record of Kurono's War
isekaiteni sita boku ga saikyou nanoha
bed no uedake no youdesu

序章『炎の騎士レッドナイト』

帝国暦《ていこくれき》四三二年六月下旬《げじゅん》昼——領境の村では年嵩《としかさ》の男が井戸から水を汲《く》んでいた。
若い頃《ころ》は肉体労働に従事していたのか、肌《はだ》は日に焼け、体付きはがっしりとしている。
男が不意に手を止め、視線を落とす。すると、少女が脚《あし》にしがみついていた。
孫なのだろう。男は愛《いと》しげに目を細め、乱暴に頭を撫でた。
その時、ゴロゴロという音が響《ひび》いた。雷鳴《らいめい》に似た音だ。
男が空を見上げる。だが、空には雷雲《らいうん》どころか雲一つない。
不思議そうに首を傾《かし》げた次の瞬間《しゅんかん》、地面が爆発《ばくはつ》した。
女子どもが悲鳴を上げ、家畜《かちく》が正気を失ったように鳴き声を上げる。
村はたちまちパニックに陥《おちい》った。だが、男には何が起きているのか分からない。
先程《さきほど》の爆発で舞《ま》い上がった粉塵《ふんじん》が視界を塞《ふさ》いでいるのだ。
男にできるのは孫を抱き締《し》めて蹲《うずくま》ることだけだ。やがて粉塵が晴れ、男は息を呑《の》んだ。
三人の亜人《あじん》——ミノタウロスが狼《おおかみ》の獣人《じゅうじん》を率いて近づいてくる所だったのだ。

相手がただの亜人であればまだしも余裕《よゆう》のある対応が取れただろう。

だが、三人は武装していた。特に目を引くのはミノタウロスが持つポールアクスだ。

身《み》の丈《たけ》ほどあるそれは見る者の心を打ち砕《くだ》くのに十分な威容《いよう》を誇《ほこ》っていた。

「逃《に》げ――」

「「逃がさない！」」

男が孫を逃がそうとする。だが、狼の獣人の方が速かった。

一方が男を羽交《はが》い締《じ》めにし、もう一方が孫を抱き上げてしまう。

「ま、孫を放せッ！」

「放さない！　孫、奴隷《どれい》商人、売るッ！」

「金、手、入る。俺達《おれたち》、ハッピー！」

男が叫《さけ》ぶ。だが、その悲痛な叫びは狼の獣人には届かなかった。

届くどころか、絶望を煽《あお》るかのような言葉を吐《は》き、ゲラゲラと笑う始末だ。

ああ、と男は声を漏《も》らした。絶望に彩《いろど》られた声だ。

絶望が伝播《でんぱ》したかのように村が静寂《せいじゃく》に包まれていく。

その時――。

「天が呼ぶ、地が呼ぶ、人が呼ぶ！　悪を倒《たお》せと私を呼ぶでありますッ！」

絶望を打ち払《はら》うように凛《りん》とした声が響いた。

「誰《だれ》だ!?」

「親分、あそこ！」

ミノタウロスがきょろきょろと周囲を見回し、狼の獣人が屋根の上を指差した。

屋根の上には女が立っていた。顔の上半分を覆《おお》うマスクを着けた女だ。

ミノタウロスが屋根を見上げて叫ぶ。

「何者だ！」

「闇《やみ》の騎士！　ブラックナイトでありますッ！」

女――ブラックナイトは叫び返すと、とうッと言って屋根から飛び降りた。

人質《ひとじち》を抱《かか》えていては戦えないと判断したのか、狼の獣人が男とその孫を解放する。

「お前ら、やっちまえッ！」

「あらほらさっさーッ！」

「……」

ミノタウロスの命令に従い、狼の獣人が襲《おそ》い掛《か》かる。だが、ブラックナイトは無言だ。

無言で剣《けん》を抜《ぬ》く。いや、刀身が存在しないので柄《つか》を抜いたというべきか。

狼の獣人が迫《せま》り――。

「神よ、我に祝福を！　ナイトブレードッ！」

ブラックナイトが大声で叫ぶ。すると、柄から黒い光が伸びて刃《やいば》を形成した。

神威術《しんいじゅつ》——神威の顕現《けんげん》を目の当《ま》たりにし、狼の獣人が動きを止める。

だが、ミノタウロスは豪快《ごうかい》に笑う。神威など恐《おそ》れるに足りんとばかりに。

「ぶははは！　たった一人で何ができる⁉」

「ならば、五人ではどうだね？」

「くッ、新手か⁉」

何処《どこ》からともなく声が響き、ミノタウロスは慌《あわ》てた様子で周囲を見回した。

ひとしきり見回した後で屋根の上を見る。

そこには三人の男女がいた。三人とも顔の上半分を覆うマスクを着けている。

「光の騎士、ホワイトナイト」

「風の騎士、グリーンナイト」

「大地の騎士！　イエローナイトですッ！」

名乗りを上げ、ホワイトナイトとグリーンナイトが颯爽《さっそう》と屋根から飛び降りる。

だが、イエローナイトは恐る恐るという感じで地面を見下ろしている。

ややあって、イエローナイトは身を翻《ひるがえ》した。

屋根の反対側に消え、しばらくして建物の陰《かげ》から姿を現す。

それを待っていたかのようにブラックナイトは亜人達《たち》から距離《きょり》を取った。

「五人揃《そろ》って六神戦隊《ろくしんせんたい》ナイトレンジャーでありますッ！」

ブラックナイトは大声で叫び、きょろきょろと周囲を見回した。

今更《いまさら》ながら五人いないことに気付いたのだろう。

「レッド！　レェェエッドッ！　炎の騎士レッドナイト！　何処でありますか⁉」

「……」

ブラックナイトが大声で叫ぶが、炎の騎士レッドナイトことイグニスは答えなかった。

建物の陰に隠《かく》れ、ブラックナイト——フェイが諦《あきら》めてくれるよう神に祈《いの》る。

だが、祈りは神に届かなかった。背後から肩《かた》を叩《たた》かれたのだ。

振《ふ》り返ると、そこには隻眼《せきがん》の青年——クロノ・クロフォードが立っていた。

「クロノ、殿……」

「出て行かないんですか？　念のために言っておきますが——」

「これが作戦の一環《いっかん》であることは分かっているッ！」

くそッ、とイグニスは吐き捨て、建物の陰から飛び出した。

怒《いか》りと共に呼び起こされるのは一週間前——クロノ達と合流した日の記憶《きおく》だ。

第一章 『六神戦隊★ナイトレンジャー』

帝国暦四三二年六月　中旬《ちゅうじゅん》　朝――。

「ぬんッ！」

イグニスは裂帛《れっぱく》の気合いと共に剣を振り下ろした。だが、魔物《まもの》――バン達を襲った狼に似た頭を持つ生物は腕《うで》を交差させて剣を防いだ。これまでに何匹《なんびき》も魔物を斬《き》り伏《ふ》せているが、攻撃《こうげき》を防がれたのは初めてだ。剣を押《お》し返そうとしてか、魔物が腕に力を込《こ》める。魔物と力比べをするなど馬鹿らしい。押し返されたふりをして次の攻撃に繋《つな》げるのがベストだ。しかし――。

そっと視線を巡《めぐ》らせる。周囲には魔物の死体が転がっている。パッと見た限り、二十匹《ぴき》以上。半数を討《う》ち取った計算になる。人間であればとっくに逃げ出している。にもかかわらず魔物は逃げようとしない。さらにいえばこちらを意識しているかのような雰囲気《ふんいき》がある。恐らく、イグニスの攻撃を防いだ個体は群れを率いる長《おさ》のような存在なのだろう。だとすれば力比べに勝てば魔物どもは退散するはずだ。戦闘《せんとう》を早く切り上げられる。それだけでも力比べをするのに十分な理由だ。それに――。

「だりゃぁぁッ！」

「そっちは任せたよ」

「任されたとも」

周囲では三人の男女が魔物と戦っている。三人とも恐るべき手練《てだ》れだ。剣を振るうたびに魔物が倒れていく。彼《かれ》らが部下であればさぞや心強かろう。残念ながら三人はケフェウス帝国《ていこく》の人間だ。そして、ケフェウス帝国の人間はもう一人いる。

クロノ・クロフォード――何度も煮《に》え湯《ゆ》を飲まされた相手だ。背中を預けているので姿を見ることはできない。だが、彼に神聖アルゴ王国は侮《あなど》れないと思わせることができるのであれば魔物と力比べをする価値は十分にあるように思えた。

腕に力を込める。反射的にか、それともこちらの意図を察したのか。魔物はさらに力を込めてきた。後者だとすれば魔物と侮ったことを謝罪せねばなるまい。この個体――彼は自身の敗北が群れの敗北であると理解している。まさしく群れの長だ。手加減はできないが、敬意を払うことはできる。

敬意と力を腕に込め、剣を押し込む。はらり、と何かが落ちる。魔物の体毛だ。それを切っ掛けとしたかのように刃がめり込んでいく。不意に腕が軽くなり、衝撃《しょうげき》が伝わる。刃が魔物の両腕《りょううで》を断《た》ち切り、頭部に半ばまでめり込んだのだ。致命傷《ちめいしょう》だ。にもかかわらず魔物はこちらを睨《にら》み付けてきた。

　ぐるる、と喉《のど》を鳴らす。どんな意味が込められているのかは分からない。だが、最後の力を振り絞《しぼ》って放たれたものであることは分かった。魔物が倒れ、イグニスは剣を地面に突《つ》き立てた。静寂が周囲を包む。視線を巡らせると、全員が動きを止めていた。最初に動いたのは魔《ま》物達《ものたち》だった。犬のような鳴き声を上げ、蜘蛛《くも》の子を散らすように逃げ出す。

「逃がさないでありますッ！」

「フェイ！」

　追撃《ついげき》しようとする女──フェイというらしい──をクロノが制止する。どうやらクロノにも慈悲《じひ》の心があるようだ。

「どうして、止めるのでありますか？」

「蛮刀狼《ばんとうおおかみ》は群れを作ることもあるみたいだからね。人間の脅威《きょうい》を他の個体に伝えてもらうかと思って」

　クロノの説明を聞き、イグニスは顔を顰《しか》めた。慈悲の心があるかと思ったが──。そこまで考え、自分と同じ感情を他人に期待するのは勝手が過ぎると思い直す。背後で風が動く。どうやらクロノがこちらに向き直ったようだ。

「……イグニス将軍？」

「少し待て」

クロノがおずおずと声を掛けてくるが、イグニスは負傷者を守るように円陣《えんじん》を組むバンのもとに向かった。

「バン、無事か？」

「ええ、まあ……」

「そうか。それはよかった」

バンが口籠《くちご》もりながら答え、イグニスは内心胸を撫《な》で下ろした。命の価値に差を付けたくはないが、精鋭《せいえい》四千五百を奪《うば》われた後だ。ここでバンを失ったら部隊を維持《いじ》できなくなる所だった。それはさておき――。

「殺気混じりの視線を向けるな。今のクロノ・クロフォードは敵ではない」

「それは……、分かっています」

イグニスが窘《たしな》めると、バンは口籠もりながら応じた。もっとも、視線はクロノに向けられたままだ。どうしたものかと考えたその時、背後から呻《うめ》き声が響いた。円陣の中心にいる負傷兵の声だ。負傷兵の数は十人余り、ある者は顔半分を血に染め、またある者は引き裂《さ》かれた腹を押さえている。クロノに殺気混じりの視線を向けている場合ではないと気付いたのだろう。バンが負傷兵に駆《か》け寄る。

「すまない。すぐに治療《ちりょう》する。蒼《あお》にして生命《せいめい》を司《つかさど》る女神《めがみ》よ。この者に癒《い》やしの奇跡《きせき》を」

バンは負傷兵の傍《かたわ》らに跪《ひざまず》くと神に祈りを捧《ささ》げた。青い光が腹を引き裂かれた負傷兵を包み込む。出血が収まり、苦痛に歪《ゆが》んでいた表情が和《やわ》らぐ。これで死ぬことはあるまい。だが、負傷兵はまだ十人以上いる。バン一人で治療を施《ほどこ》すのは難しい。

ならば、とイグニスは足を踏《ふ》み出した。イグニスが信仰《しんこう》する真紅《しんく》にして破壊《はかい》を司る戦神《せんしん》はその名が示すように破壊と戦の神だ。治癒《ちゆ》の術とは相性《あいしょう》が悪い。それでも、バンの負担を減らすことはできるはずだ。

「イグニス将軍……」

「……」

背後から声を掛けられ、イグニスは振り返った。そこにはクロノを始めとする四人の男女が立っていた。

「申し訳ないが――」

「よければ治療を手伝いますが？」

「気遣《きづか》い痛み入る……」

イグニスは感謝の言葉を口にして押し黙った。そして、わずかな逡巡《しゅんじゅん》の後でクロノの提案を受け入れることを選んだ。ケフェウス帝国に借りを作っていいのかという思いはある。だが、敵ではないと言ったばかりだ。それに、イグニスの部下にはバンのようにケフェウス帝国に敵愾心《てきがいしん》を抱いている者が多い。彼らの敵愾心を抑えるためにも借りを作っておいた方がいいと判断したのだ。

「では、お願いできるだろうか？」

「承知しました」

クロノは安堵《あんど》したかのように言い、目配せをした。

「フェイ、リオ、レオンハルト殿、お願いできる？」

「了解《りょうかい》であります！」

「了解」

「承知した」

三人の男女――フェイ、リオ、レオンハルトが返事をすると、負傷兵を取り囲んでいた兵士達は道を空けた。三人が負傷兵の傍らに跪き――。

「漆黒《しっこく》にして混沌《こんとん》を司る女神様、この人の傷を癒やして欲《ほ》しいであります」

「翠《みどり》にして流転《るてん》を司る神よ、癒やしの奇跡を」

「純白《じゅんぱく》にして秩序《ちつじょ》を司る神よ、治癒の奇跡を」

神威術《しんいじゅつ》を使う。兵士達から安堵の息が漏れる。イグニスも同じ気持ちだ。ホッと息を吐《つ》くと、クロノがポーチから透明《とうめい》な球体を取り出した。マジックアイテムのようだが、何のために作られたものかは分からない。警戒心からつい身構えてしまう。

「本隊に連絡《れんらく》したいのですが、よろしいでしょうか？」

「本隊？」

「ええ……」

イグニスが鸚鵡《おうむ》返しに尋《たず》ねると、クロノは訝《いぶか》しげに眉根《まゆね》を寄せた。イグニス将軍は、と何事かを言い掛け、口を噤《つぐ》んでしまう。会話を聞かれることを警戒しているようだ。

「少し距離を取ろう」

「ええ……」

イグニスはバン達から距離を取った。距離は十メートルほど。これだけ離《はな》れれば盗《ぬす》み聞きされる心配はあるまい。

「何か気になることが？」

「本隊の意味をご存じなかったようなので……、イグニス将軍は今回の作戦について何処まで知らされていますか？」

「殆《ほとん》ど何も知らされていない。私が知っていることといえば国王陛下がケフェウス帝国の支援《しえん》を受ける決定をしたことと合流の時期、あとは作戦の責任者がクロノ殿であることくらいだ」

「……かなり追い詰《つ》められているみたいですね。何も知らされていないのはスパイを警戒してでしょうか」

クロノがぽつりと呟《つぶや》き、イグニスは軽く目を見開いた。クロノの言葉が正鵠《せいこく》を射ていたからだ。神聖アルゴ王国は神とその代行たる神殿《しんでん》を利用して国を纏《まと》めてきた。国王を補弼《ほひつ》する——それが神殿に期待されていた役割だったが、いつの頃からか神殿は国政に介入《かいにゅう》するようになった。イグニスが生まれるずっと前のことだ。

早い段階で手を打っておくべきだったのだが、当時の国王は神殿と対立すること、ひいては国が分裂《ぶんれつ》することを恐れた。その恐れは国王さえ神殿には手を出せないという認識《にんしき》を生み、多くの離反者《りはんしゃ》を出すこととなった。王室派と神殿派の誕生である。そして、神殿派は時代が下るにつれて勢力を拡大させ、現在では税収の二割を掠《かす》め取り、常備軍の四割を支配下に置くまでになった。それだけならまだしも、いや、それとて許せることではないが、スパイまで送《おく》り込んでくる始末だ。

もちろん、イグニス達——王室派も手をこまねいていた訳ではない。幾度《いくど》となく神殿派の勢力を削《そ》ごうと試みた。王太子を旗頭《はたがしら》としたエラキス侯爵領《こうしゃくりょうしんこう》侵攻もその一環だったが、成果は捗々《はかばか》しくない。というのも神殿派の影響力《えいきょうりょく》があまりに広範囲《こうはんい》に及《およ》んでいるため効果的な一手を打てないのだ。そのくせ、神殿派はその影響力を駆使《くし》して王室派の領地が孤立《こりつ》するように手を打ってくるのだから始末に負えない。

これら全てをクロノが見抜《みぬ》いているとは思わない。だが、あんな短い会話でスパイの存在まで看破するとは思わなかったのだ。

「それで、本隊とは？」

「王室派を支援するにあたり、私は三つの作戦を考えました。その一つが交易です」

「なるほど、つまり本隊とは商隊のことか」

「はい……」

イグニスの言葉にクロノは小さく頷《うなず》いた。そういうことであればクロノ達が軍服を着ていないことにも合点《がてん》がいく。トラブルに備えて商隊の一員を装《よそお》っているのだ。本当に頼《たの》もしく、そして油断ならない男だ。

「商隊の規模はどれくらいだ？」

「百人くらいですね。荷役のリザードマン五十、護衛五十、組合長一、黄土神殿の神官長《しんかんちょう》一、ミノタウロス一、狼の獣人二です」

「随分《ずいぶん》、大所帯だな」

「マズいですか？」

「当たり前だ。根回しもなしに百人の武装集団を領内に招き入れられる訳がない」

「リザードマンは荷役なんですが……」

「領民には分からん」

「まあ、そうですよね。でも、だったらどうすれば？」

「荷の受け渡《わた》し場所を定め、そこから先は私の部下に運ばせる」

「そんなことさせて大丈夫《だいじょうぶ》ですか？」

「あまり好ましい方法ではない」

何しろ、イグニスの部下は六百人しかいない。ただでさえ少ない部下を荷役に回すなど考えたくもない。だが、命令一つで動かせるのは部下だけなのだから仕方がない。

「他に組合長一、黄土神殿の神官長一、ミノタウロス一、狼の獣人二と言っていたが？」

「交易なのでエレインさん——シナー貿易組合の組合長に来てもらいました」

「シナー貿易組合？　聞いたことがないな」

「最近できた所なので」

「交易によって経済を活性化しようとしているのは分かった。だが、できたばかりの組合にそこまでの力があるとは思えん。仮にそこまでの力があったとしてもシナー貿易組合が利益を独占《どくせん》するようでは支援にならないのではないか？」

「私もそう思います」

イグニスが疑問を口にすると、クロノは同意した。それっきり黙《だま》り込んでしまう。

「まさかとは思うが、商隊を連れてきただけなのか？」

「そこはエレインさんとイグニス将軍に丸投げしようと思っていたのですが……、無理ですか？」

「すぐ近くに商隊を待機させているのだろう？　そんな状態で丸投げされても困る」

「それはそうですけど……、まさか何も聞かされてないとは思わないじゃないですか」

クロノは拗《す》ねたように唇《くちびる》を尖《とが》らせ、透明な球体——連絡用のマジックアイテムをポーチにしまった。

「腹案はないのか？」

「卸売市場《おろしうりしじょう》——商人同士が取引をする市場の開設が落とし処《どころ》かなとは考えてました」

「分かった。卸売市場を開設する」

「いいんですか？」

ああ、とイグニスは頷き、原生林を見つめた。こちらの商人も原生林を行き来できればいいのだが、エラキス侯爵領に侵攻した時、魔物——蛮刀狼に遭遇《そうぐう》していないにもかかわらず多数の落伍者《らくごしゃ》を出した。あの時も万全《ばんぜん》の準備ができていたとは言い難《がた》いが、今は輪を掛けて準備不足だ。卸売市場の開設が最もリスクが少ない。それにしても――。

「意外だな」

「何がでしょう？」

「もっと悪辣《あくらつ》な手段を講じてくるかと思った」

「……」

正直な感想を口にするが、クロノは無言だ。それでピンときた。

「悪辣な手段を講じているんだな？」

「耳を……」

「……」

クロノが囁《ささや》くような声音《こわね》で言い、イグニスは膝《ひざ》を屈《かが》めて耳を向けた。

「実は、街道近くの原生林に部下を潜《ひそ》ませています」

「何をするつもりだ？」

「街道を通る商人を部下に襲わせ、シナー貿易組合の活動を後押《あとお》しし、神殿派の財政にダメージを与《あた》えるつもりです」

「……」

イグニスはクロノから離れ、深々と溜息《ためいき》を吐いた。

「陛下はご存じなのか？」

「アルコル宰相《さいしょう》には許可をもらっていますが……」

「陛下がご存じでない可能性もあるということか」

「流石《さすが》にそこまでは……。それで、どうします？」

「……」

クロノが問いかけてくるが、イグニスは答えられない。当然だ。これでは支援ではなく工作だ。マグナス国王が許可するとは——いや、王室派の苦境を思えばマグナス国王が許可しても不思議ではないか。

「今なら未だ止《や》められますよ？」

「止めてもいいのか？」

「本当は止めて欲しくないです。でも、支援要請《しえんようせい》に応じて恨《うら》まれるなんて馬鹿みたいじゃないですか」

どうします？　とクロノが目で訴《うった》えてくる。答えは決まっている。

「止める必要はない」

「意外です。もっと融通《ゆうずう》の利《き》かないタイプかと思ってました」

「自分でもそう思う。だが、今のままでは神殿派に国を潰《つぶ》されかねん。それで、三つ目の作戦は何だ？」

「宣伝工作です。さっきの——商隊の話じゃないですけど、王室派だの、神殿派だの言っても一般庶民《いっぱんしょみん》には分かりませんからね。シオンさん——黄土神殿の神官長に炊《た》き出しをしてもらい、王室派と神殿派は違《ちが》うんだってがっつりアピールをしていきます」

「……」

「も、もちろん、私も炊き出しを手伝いますよ？　シオンさんに前面に出てもらうだけで」

「いや、そういう意味ではない」

イグニスが小さく頭を振ると、クロノは不思議そうに首を傾げた。

「では、どういう意味ですか？」

「我《わ》が国《くに》と貴国の神殿は別組織だ」

「ええ、存じております。昔は交流があったという話も聞きますが、ケフェウス帝国の初代皇帝《こうてい》ラマル一世が政治に関わらないように徹底的《てっていてき》に弾圧《だんあつ》した結果、完全に交流が途絶《とだ》えてしまったんだとか」

「少し違うな。交流が途絶えたのは貴国の神殿が政治に対するスタンスを変えたからだ。弾圧は切っ掛けにすぎん」

「といっても純白神殿はまだ皇室や貴族との繋がりが強いみたいですよ。まあ、支配の正当化に役立つとかそんな理由からでしょうけど」

クロノが皮肉げに言い、イグニスは軽く咳払《せきばら》いをした。

「話が逸《そ》れたが、我が国と貴国の神殿は相容《あいい》れぬ関係にあると言っていい。異端《いたん》として積極的に排除《はいじょ》しようとする向きもある。貴国の神殿は大丈夫か？」

「そこは心配ないと思います。シオンさんは弁《わきま》えてる人ですし、黄土神殿のモットーは『皆《みんな》で大地の恵《めぐ》みを分かち合う』ですから」

モットーか、とイグニスは苦笑《くしょう》した。隣国《りんごく》だというのに随分と俗《ぞく》っぽい。いや、そうではないか。徹底的に弾圧された結果とはいえ、ケフェウス帝国の神殿は神と人の紐帯《ちゅうたい》たらんとしてきたのだ。きっと、それこそが本来の役割だ。だとすれば俗っぽさは真摯《しんし》に本来の役割を果たしてきた結果だと言える。

そんなことを考えていると、クロノが口を開いた。

「えっと、宣伝工作の件ですけど、実は他にも考えていることがありまして……」

「それはどんな工作だ？」

「神官《しんかん》さんにも協力してもらおうかなと考えてます」

「神官さん？」

「漆黒神殿《しっこくしんでん》の大神官様《だいしんかんさま》です。旧知の間柄《あいだがら》と聞きましたが……」

「ババアのことか」

クロノが口籠もり、イグニスは呻いた。姿を見せないなと思っていたら、まさかケフェウス帝国に行っているとは——。

「ババアは迷惑《めいわく》を掛けていないか？」

「高価なワインをパカパカ空けられました」

ぐッ、とイグニスは呻いた。予想通りといえば予想通りだが、この話題を続けても面白《おもしろ》いことにはなりそうにない。

「ワイン代についてですが……」

「ババア本人か、漆黒神殿に請求《せいきゅう》しろ。この件に関して我が国は無関係だ。ところで、ミノタウロスと狼の獣人には何をさせるつもりだ？」

「えっと、ミノタウロスは私の副官でミノと言います。狼の獣人は百人隊長のシロとハイイロで……、これを読んでもらった方が早いですね」

そう言って、クロノはポーチから冊子を取り出した。

「どうぞ」

「うむ……」

イグニスは冊子を受け取り、表紙を見つめた。

「六神戦隊《ろくしんせんたいほし》★ナイトレンジャーか」

「★は読まなくていいです」

「では、何のために？」

「何となくです」

「そうか」

イグニスは小さく頷き、再び冊子を見つめた。パラパラと内容を確認《かくにん》する。

「戯曲《ぎきょく》か？」

「台本です」

「――ッ！」

イグニスは息を飲んだ。とてつもなく嫌《いや》な予感がしたのだ。冊子を燃やしたい衝動《しょうどう》に駆られるが、何とか堪《こら》える。

「私に何をさせるつもりだ？」

「レッドナイト役をお任せしたいと思います」

「何故《なぜ》、私がそんなことを……」

「宣伝工作の一環です。村々を回ってナイトレンジャーの公演をすることで――といっても村人には何も伝えませんが──」

「待て」

「何でしょう？」

イグニスが言葉を遮《さえぎ》ると、クロノは首を傾げた。

「村人に伝えないと言ったな？」

「言いましたが、何か？」

「それでは村人は本当に襲われたと考えるのではないか？」

「いえ、村人はナイトレンジャーに助けられたと考えるはずです」

「同じことだ」

イグニスはムッとして返した。

「自分で火を付けて、自分で消火するような真似《まね》をして恥《は》ずかしくないのか？」

「そういう作戦ですから」

「ぐッ……」

クロノがしれっと言い、イグニスは呻いた。

「それで、どうでしょう？」

「断る。将軍ともあろう者が──」

「ふぅ……」

イグニスは最後まで言い切ることができなかった。クロノがこれ見よがしに溜息を吐いたのだ。ぎろりと睨み付ける。

「何か言いたいことでもあるのか？」

「別に、特に言いたいことはないんですけど……、商人は犠牲《ぎせい》になってもいいけど、自分は犠牲を払いたくないっていうのは人としてどうなのかなって」

「ぐッ……」

イグニスは呻いた。呻くしかない。

「分かった」

「え？　何ですか？」

「やると言ったんだ！」

クロノに聞き返され、イグニスはイラッとしながら答えた。

「本当にいいんですかぁ？」

「くどいッ！」

イグニスがこれまたイラッとしながら答えると、クロノは笑《え》みを浮《う》かべた。ぶん殴《なぐ》ってやろうかと思うほどムカつく笑みだった。

※

再び帝国暦四三二年六月下旬昼――。

「――ッド！　レェエエッド!!」

「――ッ！」

フェイの叫び声でイグニスは我に返った。いけない。つい物思いに耽《ふけ》ってしまった。視線を巡らせる。シロとハイイロは倒れ、立っているのはミノだけだ。どうやら劇は佳境《かきよう》に入っているようだ。確か次の展開は――。

「ナイトバズーカでありますッ！」

「ああ……」

自分は嫌で嫌で仕方がないのに、どうしてフェイは楽しそうなのだろう。そんな愚痴《ぐち》めいたことを考えながらナイトバズーカのパーツ――金属で補強した木製の筒《つつ》をベルトから外す。ややあってフェイ、レオンハルト、リオ、シオンの四人が集まってきた。四人ともナイトバズーカのパーツを持っている。イグニス達は向かい合い――。

「む？　なかなか嵌《は》まらないでありますね」

「それはこっちに嵌めるのではないかね？」

「でも、それだと、こっちが嵌まらないよ？」

「私のパーツはここだと思うんですけど？」

「……」

ああでもない、こうでもないと試行錯誤《しこうさくご》しながらナイトバズーカを組み立てる。しばらくして――。

「完成！　ナイトバズーカでありますッ！」

フェイが完成したナイトバズーカを担《かつ》いで叫んだ。

「レッド！　パワー充填《じゅうてん》でありますッ！」

「レッドパワー充填……」

イグニスはポーチから透明な球体を取り出し、ナイトバズーカにセットした。透明な球体が赤い光を放つ。

「ブラックパワー充填でありますッ！」

「ホワイトパワー充填」

「グリーンパワー充填」

「イエローパワー充填！」

　フェイ、レオンハルト、リオ、シオンが透明な球体をナイトバズーカにセットする。すると、透明な球体が黒、白、緑、黄の光を放った。

「ナイトバズーカ、ファイア……」

「ぐわーッ！」

　イグニスがナイトバズーカのトリガーを引くと、五色の光がミノを照らした。ミノが叫《さけ》び、激しい火花が飛び散る。ちなみに火花はミノが着ている革鎧《かわよろい》に仕込《しこ》んだマジックアイテムによるもので、五色の光――照明用マジックアイテムによるものではない。やがて火花が収まり、ミノが胸を押さえながらよろよろと後退《あとずさ》る。

「ぐぅ、やるな」

「負けを認めるでありますか？」

「今日の所は引いておいてやる。だが、この借りは必ず返す！」

「覚えてろッ！」

　ミノが捨て台詞《ぜりふ》を吐《は》いて身を翻すと、シロとハイイロがガバッと立ち上がって後を追った。三人が村から出て行き――。

「正義は勝つであります！」

「もし……」

フェイが勝利宣言をする。すると、男が声を掛《か》けてきた。井戸で水を汲《く》んでいた男だ。

「もしや、貴方《あなた》はイグニス将軍では？」

「違う！」

男が問いかけてくるが、イグニスは否定した。ですが、と男が続ける。

「その、右腕《みぎうで》は……」

「隻腕《せきわん》の男など何処にでもいる。私は炎《ほのお》の騎士《きし》――レッドナイトだ」

「……」

改めてイグニスであることを否定するが、男は納得《なっとく》していないようだ。そこに、フェイが割って入る。

「ご老体、私達は正義を成す旅の最中であります！」

「正義を……」

「そうであります！　六神戦隊ナイトレンジャーは正義を成すためにッ！　正義を成すために戦っているのでありますッ!!」

実の所、正義とは程遠《ほどとお》い行いをしているのだが、フェイの剣幕《けんまく》に圧《お》されたのか、男の目に理解の色が浮かぶ。

「分かりました」

「分かってもらえて嬉《うれ》しいであります！　私達は正義を成すために旅を続けるでありますが、六神戦隊ナイトレンジャー！　六神戦隊ナイトレンジャーをくれぐれもよろしくでありますッ！　それではッ!!」

フェイが身を翻《ひるがえ》し、イグニスが後に続こうとすると、男が口を開いた。

「イグ――いえ、レッドナイト」

「――ッ！」

無視する訳にもいかずイグニスは足を止めた。

「儂《わし》、いえ、私には正義が何なのか分かりません」

「……」

「ですが……、その……、応援《おうえん》、しています！」

「ああ……」

イグニスは口籠もる男に短く応じて歩き出した。

※

「イグニス将軍、お疲《つか》れ様《さま》です！　最高の演技でしたッ！」

「……」

　クロノが建物の陰《かげ》から飛び出すと、イグニス将軍は無言で胸倉《むなぐら》を掴《つか》んできた。そのまま幌馬《ほろば》車《しゃ》まで引き摺《ず》られ、荷台に投げ飛ばされる。荷台に叩《たた》き付けられるかと思ったが、そうはならなかった。すでに荷台に乗り込んでいたミノが受け止めてくれたのだ。

「大将、大丈夫ですかい？」

「お陰様《かげさま》で」

　ミノが睨み付けるが、イグニス将軍は無視して幌馬車の荷台に上がった。ややあってフェイ、シオン、リオ、レオンハルトが荷台に上がる。

「出せ！」

「はッ！」

「きゃッ！」

　イグニス将軍が叫ぶと、御者席《ぎょしゃせき》から声が響《ひび》いた。幌馬車が動き出し、シオンが可愛《かわい》らしい悲鳴を上げて尻餅《しりもち》をつく。流石、騎士というべきか、フェイ、リオ、レオンハルトの三人は平然としている。

　イグニス将軍がどっかりと腰《こし》を下ろし、クロノ達《たち》も腰を下ろす。

「皆、お疲れ様。いい演技だったよ」

「いや〜、台詞《せりふ》を忘れた時はどうしようかと思ったであります」

クロノが声を掛けると、フェイは照れ臭《くさ》そうに頭を掻《か》いた。そこに——。

「後輩《こうはい》、台詞、覚える」

「後輩、台本通り、やる」

「いつの間にか後輩が定着しているであります！」

幌馬車の隅《すみ》で膝を抱《かか》えて座《すわ》っていたシロとハイイロから突っ込《こ》みが入り、フェイはぎょっと目を剥《む》いた。ややあって、ふぅという音が響く。溜息を吐く音だ。音のした方を見ると、シオンがマスクを着けたまましょんぼりしていた。

「シオンさん、どうしたの？」

「はい、いえ、その……」

クロノが声を掛けると、シオンはびくっと体を震《ふる》わせ、そっと視線を逸らした。

「屋根から飛び降りられなかったので……」

「ああ……」

シオンがごにょごにょと言い、クロノは声を上げた。そういえばシオンは梯子《はしご》を使って屋根から降りていた。

「やっぱりナイトレンジャーとして格好よく屋根から飛び降りるべきだと思うんです」

「気持ちは嬉しいけど……、無理はしないでね？」

「はい……」

クロノの言葉にシオンはしょんぼりと頷いた。

「ともあれ、皆お疲れ様。今日は初公演ということもあってかなりぐだぐだ――」

「――ッ！」

総括《そうかつ》すべく口を開くと、息を呑《の》む音が聞こえた。音のした方を見ると、フェイが驚《おどろ》いたような表情を浮かべてこちらを見ていた。

「何？」

「ぐだぐだだったでありますか？」

「うん、まあ、かなり……」

「後輩、台詞、覚える」

「アドリブ、それから」

クロノが口籠もりながら答えると、シロとハイイロが追い討《う》ちを掛けた。ぐぅ、とフェイは呻き、おずおずと口を開く。

「最高の演技やいい演技という誉《ほ》め言葉は？」

「あれはリップサービスです」

「「「――ッ！」」」

クロノが真実を口にすると、息を呑む音が響いた。それも三つ――フェイ、シオン、イグニス将軍のものだ。沈黙《ちんもく》が舞《ま》い降《お》りる。気まずい沈黙だ。しばらくしてレオンハルトが口を開く。

「質問があるのだが、いいかね？」

「僕に答えられる質問なら」

「安心したまえ。クロノ殿にしか答えられない質問だよ、これは」

安心させようとしてか、レオンハルトが小さく微笑《ほほえ》む。だが、逆に緊張《きんちょう》してしまい、クロノは居住まいを正した。

「ナイトレンジャーの名前についてだが……」

「はい……」

「どうして、全員ナイトなのだろう？」

クロノが表情を引き締《し》めて頷くと、レオンハルトは神妙《しんみょう》な面持《おもも》ちで疑問を口にした。

「イグニス殿は将軍、シオン殿は神官なのだからナイトでない方がいいと思うのだが？」

「ナイトで統一しないと戦隊ものっぽくないので」

「同じ組織に所属していると即座《そくざ》に分からせるためということだね？」

「……そういうことです」

クロノはやや間を置いて頷いた。戦隊もののお約束を踏襲《とうしゅう》しただけなのだが、納得しているようなので口にはしない。

「あとは設定についてだが……」

「は――」

「設定？」

頷こうとしたが、リオに遮られる。

「設定なんてあったのかい？」

「台本の巻末を見ていないのかね？」

「……」

レオンハルトに問い返され、リオは自身の台本を手に取った。ぺらぺらとページを捲《めく》る音が幌馬車の中に響く。一つではない。複数の音が重なっている。そっと視線を巡《めぐ》らせると、クロノとレオンハルトを除く全員が台本のページを捲っていた。おまけとして作ったものなのだが、レオンハルトしか読んでいなかったとなると流石にへこむ。

「それで、クロノ殿……」

「はい、何でしょう？」

「『ナイトレンジャーは六柱神《ろくちゅうしん》の加護を受けた五人の戦士だ。神の力と信仰心《しんこうしん》を武器に戦え、ナイトレンジャー！』の部分は、まあ、分かるのだがね。主題歌――」

「「「「「主題歌⁉」」」」」

レオンハルトの言葉はクロノを除く七人の声によって遮られた。

「皆、本当に巻末の設定を読んでなかったんだ」

「「「「「「……」」」」」」

クロノはぼそっと呟く。だが、七人とも無反応だ。

「先に進めていいかね？」

「どうぞ」

「主題歌『Ｇｏ！　Ｇｏ！　ナイトレンジャー！『Ｇｏ！　Ｇｏ！　ナイトレンジャー！　んはーッ！　えふんえふん』と書かれて――」

プッという音が響く。笑いを堪えきれず噴《ふ》き出した音だ。またしてもレオンハルトの言葉が遮られる。

「リオ殿？」

「どうして、ボクを呼ぶんだい？」

「この中で最も親しい相手だからね」

リオがちょっとだけ不満そうに尋ねると、レオンハルトは溜息交じりに答えた。それで、とリオが身を乗り出す。

「何か質問かい？」

「いや、どうして、噴き出したのか不思議に思ってね」

「そりゃ、レオンハルト殿が大真面目に『んはーッ！　えふ━━プッ、あははッ！」

リオは途中《とちゅう》でお腹《なか》を抱えて笑い出した。

「いや、失礼。レオンハルト殿が大真面目に『んはーッ！　えふんえふん』と言うもんだからついつい笑ってしまったのさ」

「なるほど……」

「話の腰を折って悪かったね。続きをどうぞ」

リオが指で涙《なみだ》を拭《ぬぐ》って言うと、レオンハルトは咳払いをした。

「何故、主題歌が中途半端《ちゅうとはんぱ》な所で終わっているのかね？」

「最初は真面目に書こうとしてたんですけど……、途中で怠《だる》くなって止めました」

「ああ、そういうことか」

「質問は以上ですか？」

「ああ、私からは以上だ」

レオンハルトが晴れやかな表情を浮かべ、クロノはホッと息を吐いた。

※

夕方――クロノは衝撃《しょうげき》で目を覚ました。視線を巡らせる。すると、そこは幌馬車の中だった。また石に乗り上げたのかと荷台後方に視線を向けると、若い兵士と目が合った。革鎧に身を包んだ神聖アルゴ王国の兵士だ。背後には見覚えのある風景が広がっている。どうやら眠《ねむ》っている間にメラデに着いたようだ。

若い兵士は驚いたように目を見開いている。幌馬車に乗っているメンバーを考えれば無理からぬ反応だ。まず神聖アルゴ王国では亜人《あじん》を見かけることがないし、さらに上司であるイグニス将軍が顰《しか》めっ面《つら》で座っているのだ。驚くなという方が無理だ。若い兵士が気まずそうに幌の陰に隠《かく》れ、幌馬車が動き出した。城門を潜ったのだろう。視界が暗くなる。もちろん、極短《ごく》い時間だ。視界が再び明るくなり――。

「イグニス将軍……」

「何だ？」

イグニス将軍に声を掛ける。すると、彼《かれ》はムッとしたように返してきた。

「ここで幌馬車を降りたいんですが……」

「何をするつもりだ？」

　おずおずと切り出すと、イグニス将軍は訝《いぶか》しげな表情を浮かべた。何かよからぬことを企《たくら》んでいるのではないかと疑っている表情だ。

「これまで限られた区域でしか活動していなかったので、街全体の雰囲気《ふんいき》を確認しておこうかと思いまして……」

「街を視察とくれば護衛が必要！　つまり、私の出番でありますね⁉」

　クロノが口籠《くちご》もりながら言うと、フェイが名乗りを上げた。

「護衛、俺達《おれたち》！」

「後輩、屋敷《やしき》、戻《もど》るッ！」

「ぐぅ、ここでも先輩風《せんぱいかぜ》を吹《ふ》かせるでありますか」

　シロとハイイロの言葉にフェイが口惜《くや》しそうに呻《うめ》く。

「しかし、ここはフォマルハウト領——即《すなわ》ち、神聖アルゴ王国であります！　シロ殿とハイイロ殿が姿を見られたら詰《つ》め所《しょ》案件でありますッ！　だから、大人しく私に護衛を任せて欲《ほ》しいでありますっ！」

「「ぐッ……」」

今度はシロとハイイロが呻く番だった。イグニス将軍の部下とは顔合わせが済んでいるので、しょっ引かれることはないと思うが、用心するに越《こ》したことはない。

「おや、台詞を覚えなくていいのかい？」

「――ッ！」

リオがわざとらしく言い、フェイは息を呑んだ。痛い所を突《つ》かれた。そんな気持ちが伝わってくる。シロとハイイロが息を吹き返す。

「後輩、台詞、覚える」

「護衛、その後」

「ぐぅ、二人はリオ殿が護衛でいいのでありますか？」

二人の対抗心《たいこうしん》をリオに向けさせるためか、フェイがそんなことを口にする。シロとハイイロはフェイとリオを交互《こうご》に見て、思案するように腕《うで》を組んだ。

「俺、構わない」

「俺も」

「何故でありますか⁉」

二人の言葉にフェイは声を張り上げた。

「フェイ、後輩」

「リオ殿、クロノ様と同格」

「なんとッ！」

フェイが驚いたように目を見開く。だが――。

「フェイ、僕とリオが同格じゃおかしいですか？」

「そうじゃないであります。私は後輩呼ばわりなのにやけにあっさりリオ殿を格上認定《にんてい》するなと思ったのであります」

クロノが突っ込むと、フェイは拗ねたように唇を尖らせた。う～む、これはあれだろうか。実力が劣《おと》っていると思われているのが嫌ということだろうか。気持ちは分かるが、フェイがリオに勝利するイメージが湧《わ》いてこない。

「まあ、シロとハイイロは独特の嗅覚《きゅうかく》で格を決めやすすから」

「独特の嗅覚でありますか、そうでありますか」

雰囲気が悪くなることを危惧《きぐ》してか、ミノがフォローに入る。だが、フェイは今一つ納得していないようだ。

「それで、クロノはどっちに護衛して欲しいんだい？」

「リオにお願いしたいと思います」

リオの問いかけにクロノは即答《そくとう》した。フェイは不満そうだが、台詞を覚えることを優先して欲しかった。

「話が纏《まと》まったようだな」

そう言って、イグニス将軍は御者席に視線を向けた。

「止めろ」

「はッ！」

イグニス将軍が命令すると、御者席から声が響いた。幌馬車がガタガタと揺《ゆ》れながらスピードを落とし、やがて止まる。

「じゃあ、僕達《ぼくたち》は視察に行くから」

立ち上がり、リオに視線を向ける。すると、彼女《かのじょ》は小さく微笑んで立ち上がった。先に幌馬車から飛び降りて手を差し伸《の》べる。

「どうぞ」

「ありがとう」

リオはクロノの手に自身のそれを重ね、幌馬車から飛び降りた。クロノは幌馬車の荷台を見上げ――。

「手を貸しましょうか？」

「不要だ」

いつの間にか荷台後方に移動していたイグニス将軍に声を掛ける。だが、イグニス将軍はクロノの申し出を断って荷台から飛び降りた。

「出せッ！」

「はッ！」

イグニス将軍の命令に御者は短く応じた。幌馬車が動き出す。

「イグニス将軍も視察ですか？」

「違う」

クロノが問いかけると、イグニス将軍はムッとしたように答えた。もちろん、クロノもイグニス将軍が視察のために残ったとは思っていない。クロノを監視《かんし》するためか、仲間の仇《かたき》を取ろうとする部下を抑《おさ》えるためだろう。

「クロノ、行こう」

「うん……」

リオがクロノの腕に自身のそれを絡《から》めて歩き出し、やや遅《おく》れてイグニス将軍が付いて来る。クロノは歩きながら視線を巡らせた。周囲には古びた街並みが広がっている。建物自体は古いが、よく手入れがされている。さらに街の外縁部《がいえんぶ》にもかかわらず悪臭《あくしゅう》がしない。ゴミなどの処理も上手《うま》くいっているようだ。それだけでイグニス将軍が善政を敷《し》いていると分かるが──。

「居心地《いごこち》が悪そうだけど、どうしたんだい？」

「視線が……」

「見せつけてやればいいじゃないか」

ふふん、とリオが鼻を鳴らす。だが、気になっているのは自分達に向けられる視線ではない。イグニス将軍に向けられる視線だ。イグニス将軍は善政を敷く領主だ。しかも、クロノと違って先祖代々この地を守護してきた。それなのに領民から距離《きょり》を置かれているというか、怯《おび》えられているように感じるのだ。

「イグニス将軍はあまり慕《した》われてないみたいだね」

「ちょ、リオ⁉」

リオが率直《そっちょく》すぎる感想を口にし、クロノは恐《おそ》る恐る背後に視線を向けた。気分を害しているかと思いきや、イグニス将軍は苦笑じみた笑みを浮かべている。

「槍《やり》働きを優先してきたせいもあるだろうが、私の屋敷は街の中心にあるからな。どう接していいのか分からないのだろう」

「槍働きを優先してきたという割に神殿《しんでん》の関係者を見かけないね」

「バ──漆黒神殿の大神官殿のお陰だ。あの方が来て下さるお陰で神殿の活動が抑制《よくせい》され

ている」

「ただの呑兵衛《のんべえ》じゃないいんだね」

「まあ、な」

リオの言葉にイグニス将軍は頷《うなず》いた。口元が綻《ほころ》んでいるように見えるのは気のせいではないだろう。神官さんの話はさておき、もう少し領民から支持を取り付けたい所だ。取っ付きやすいタイプじゃないから接点を増やしてちょっとずつイグニス将軍のいい所を知ってもらう感じかな～、とそんなことを考えながら歩いていると不意に視界が開けた。卸売《おろしうり》市場《しじょう》として提供されている広場に出たのだ。

広場にはエレインがいた。神聖アルゴ王国のお国柄《くにがら》を考えてか地味な装《よそお》いだ。タイミングが悪かったらしく店じまいの準備をしている。といってもエレインは指示を出しているだけで、実際に仕事をしているのは神聖アルゴ王国の兵士――イグニス将軍の部下だ。クロノ達に気付いたのだろう。エレインがこちらにやって来る。

「お帰りなさい。首尾《しゅび》はどうだった？」

「上々でしたよ」

「そう……」

クロノがちょっとだけ見栄《みえ》を張って答えると、エレインは素っ気なく応じた。

「エレインさんこそ景気はどうですか？」

「ぼちぼちと言いたいけど、さっぱりね」

クロノの問いかけにエレインは溜息《ためいき》交じりに答えた。

「イグニス将軍が商人を紹介《しょうかい》してくれたお陰で塩と魚の塩漬《しおづ》けは売れたんだけど、服飾品《ふくしょくひん》がさっぱり売れないのよ。このままじゃ赤字ね、赤字」

「そういうことならば――」

「待って下さい」

イグニス将軍の言葉をクロノは遮った。エレインの背後に視線を向ける。そこでは兵士達が布袋《ぬのぶくろ》を荷車に積んでいる。布袋から見えているのは――。

「エレインさん、羊毛を買いましたね？」

「ええ、ちょっとだけ」

「自由都市国家群《じゆうとしこっかぐん》では神聖アルゴ王国の羊毛が高値で取引されているとか」

「……」

エレインは無言だ。無言でクロノから視線を逸《そ》らす。

「シルバートン経由なら通行税を払《はら》わずに済むから転売するだけでも相当な利益が期待できますよね？　もし、神聖アルゴ王国の羊毛を使ったフリースを自由都市国家群で売ることができれば——」

「貴方のような勘《かん》のいい男は嫌《きら》いよ」

エレインはクロノの言葉を遮って言った。

「税金を免除《めんじょ》されているだけじゃなく、泊《と》まる場所や商品の保管場所まで世話してもらってるんですからあまり欲張らない方がいいですよ」

「ご高説、痛み入るわ」

クロノが窘《たしな》めると、エレインは皮肉を返してきた。でも、と続ける。

「私はシナー貿易組合の組合長なの。信じてついてきてくれる部下のためにも取れるものは取りにいくわ。貴方だってそうでしょ？」

「そりゃ、まあ……」

もちろん、クロノだって部下に最大限報《むく》いたい。そのために嘘《うそ》八百を並べ立てることもあるだろう。だが、この局面で嘘を吐こうとは思わない。言い返されそうなので口にはしないが——。

「それに、神聖アルゴ王国の羊毛を使ったフリースを自由都市国家群で売ることができればと言うけれど、そんなに簡単にはいかないわ」

「と言うと？」

「うちは規模が小さいから糸紡《いとつむ》ぎや機織《はたお》りまで手が回らないってこと」

「なる……」

クロノは頷きかけ、あるアイディアを閃《ひらめ》いた。

「実は、難民を保護してまして……」

「知ってるわ。確か神聖アルゴ王国から逃《に》げてきたのよね？」

「そうですそうです」

クロノはこくこくと頷いた。

「将来的には畑作をと考えているようなのですが、ミノタウロスほど力仕事に向いている訳ではないので、糸紡ぎや機織りで収入を補えればな～と」

「ああ、そういうこと」

エレインは合点《がてん》がいったとばかりに声を上げた。

「どうでしょう？」

「悪くないような気がするけれど、うちで技術指導しなきゃいけないのよね？」

「そうなると思います」

う～ん、とエレインが唸《うな》る。

「それって今すぐに返事をしなきゃ駄目《だめ》？」

「いえ、今すぐという訳では……」

「なら少しだけ考えさせて」

「色よい返事を期待してます」

「ええ、期待しないで待ってて」

エレインは困ったような笑みを浮かべて言った。その時、くすッという音が響いた。音のした方を見る。すると、女性が立っていた。髪《かみ》の長い、軍服を着た女性だ。つかつかとこちらに歩み寄る。

「アクア……、どうしてここに？」

「国王陛下にお願いして手伝いに来たのよ」

イグニス将軍が驚いたように言うと、女性――アクアは悪戯《いたずら》っ子のような笑みを浮かべた。それに、とクロノの顔を覗《のぞ》き込むように体を傾《かたむ》ける。

「イグニスの腕を吹っ飛ばした相手に興味があったのよ」

「はい、嘘です！」

「え⁉」

クロノが声を張り上げて言うと、アクアは驚いたような表情を浮かべた。取り繕《つくろ》うように愛想《あいそ》笑《わら》いを浮かべる。

「嘘じゃないわ。貴方に本当に興味があったの」

「はい、嘘です。イグニス将軍とファーストネームで呼び合ってる女性が腕を吹っ飛ばした僕《ぼく》に興味を持つ訳ありません」

「そんなことないわ」

「あちらをご覧下さい」

　そう言って、クロノは手の平である人物を指し示した。木箱《きばこ》を抱えてこちらを睨《にら》んでいる。イグニス将軍の部下でバンという。

「バンがどうかしたの？」

「親征の時にやり合う機会があったのですが、協力体制にある今でも殺気交じりの視線を向けてきます」

「念のために聞くけど、何をしたの？」

「決闘《けっとう》に応じるふりをして逃げ出しました」

「当たり前じゃない。そんな卑怯《ひきょう》な真似《まね》をしたら――」

「卑怯!?　フィジカルに自信のない相手に決闘を挑《いど》んでくる方がよほど卑怯ですよ！　しかも、神威術なんて切り札を隠してッ！」

「それは、まあ、そういう考え方もできるでしょうけど……」

アクアはごにょごにょと言った。

「とにかく、君に興味があるのは本当よ？　お願い、信じて……」

「信じません」

アクアが懇願《こんがん》するように言うが、クロノは信じなかった。

「どうせ、パトロンになって欲しいとか、復讐《ふくしゅう》を手伝って欲しいとか、お家再興のために援助《えんじょ》して欲しいとか言い出すんですよね？」

「初対面の相手にひどいこと言うわね。これでも、私は尽《つ》くす女よ」

「はい、出ました！　尽くす女尽くす女ッ！　そんなことを言いながら下心があるんですよね？　分かってるんですよ、畜生《ちくしょう》！」

「それは貴方が出会ってきた女性が――」

言い返そうとするが、アクアは最後まで言葉を口にすることができなかった。イグニス将軍に肩《かた》を掴まれたのだ。

「止《や》めておけ」

「だって、イグニス」

「去年まで殺し合っていたんだ。口先だけで信用を得られる訳がない」

「もっともなご意見だけど、そういう話じゃないわ。これはプライドの問題よ」

「将軍としてのプライドか？」

「女としてのプライドに決まってるじゃない！」

アクアが苛立《いらだ》った様子で答え、イグニス将軍が前に出る。何事かと思い、視線を巡らせる。すると、バンが駆《か》け寄ってくる所だった。攻撃《こうげき》されるのではないかと少しだけ不安だったが、バンはエレインのもとに向かった。立ち止まり、背筋を伸ばす。

「エレイン殿、荷物を積み終わりました」

「あら、ありがとう。それじゃ、イグニス将軍の屋敷まで運んでくれる？」

「承知いたしました」

バンはクロノを睨み付けると踵を返して歩き出した。部下に指示を出し、移動を開始する。負傷兵の治療《ちりょう》を手伝ったのに、とぼやきたい気持ちをぐっと堪《こら》えてクロノはイグニス将軍に視線を向けた。

「僕達も行きましょう」

「ああ……」

「ちょっとイグニス」

イグニス将軍が頷くと、アクアが彼のマントを掴んだ。

「何だ？」

「私が何処《どこ》に泊まるか聞かないの？」

「何処に泊まるつもりだ？」

「まだ決まってないわ」

「そうか」

アクアが溜息交じりに言うが、イグニス将軍は短く頷いただけだ。『私の家に泊まっていけ』という言葉を期待してのことだと思うが、イグニス将軍は鈍《にぶ》すぎた。

「今から宿を取るのも大変でしょうし、イグニス将軍の屋敷に泊まって頂いては？」

「……そうだな」

クロノの提案にイグニス将軍はやや間を置いて答えた。アクアに視線を向ける。

「泊まっていけ」

「ええ、どうもありがとう」

アクアは顔を顰め、嫌《いや》みったらしい口調で言った。

※

バン達に先導されて、クロノ達――クロノ、リオ、エレイン、イグニス将軍、アクアの五人は通りを進む。夕方だからか、通りに人気《ひとけ》はなく、殆《ほとん》どの店が営業を終えている。クロノはある店の前で足を止めた。軒下《のきした》に木製の看板をぶら下げた店だ。殆どの店が営業を終えているにもかかわらずまだ営業中だ。当然か。この店は酒場なのだから。むしろ、今からがかき入れ時と言える。リオが自身の腕をクロノのそれに絡めながら口を開く。

「おや、お酒を飲みたいのかい？」

「ん？　いや、折角《せっかく》だし、神官さんを連れ帰ろうと思って」

「なるほどね。そういうことなら付き合うよ」

「ありがとう」

クロノは礼を言って酒場に向かった。西部劇のようなスイングドアを開けて中に入ると、看板娘《かんばんむすめ》のミレルがこちらに向き直った。

「いらっ――なんだ、クロノ様か」

ミレルは可愛らしい声を出そうとしたが、入ってきたのがクロノだと気付くとがっくりと肩を落とした。

「接客業としてその態度はどうなの？」

「だって、お酒飲まないでしょ？　食事も食べないし。それに……」

ミレルは言葉を句切り、クロノの隣《となり》――リオに視線を向けた。

「彼女連れだし」

「彼女連れか」

ミレルが溜息交じりに言い、クロノは鸚鵡《おうむ》返しに呟《つぶや》いた。ギシッという音が響く。リオが腕に力を込めたせいで骨が軋《きし》んだのだ。

「リオ？」

「ボクは彼女だよね？」

「もちろんです」

「よかった」

クロノが脂汗《あぶらあせ》を滲《にじ》ませながら頷くと、リオは腕に込めた力を緩《ゆる》めた。

「神官さんは？」

「あっち」

ミレルが親指で背後にあるテーブル席を指差す。そこには神官さんを含《ふく》めた数人の男女が座っていた。

「だから、ワシは言ってやったんじゃ。神殿を建ててくれたら身を委ねてもいいとな」

神官さんが胸を張って言うと、同席していた男女がドッと笑った。

「神官さ～んッ！」

「お？　迎《むか》えが来たようじゃ」

クロノが大声で呼ぶと、神官さんは立ち上がった。すぐにこちらにやって来るかと思いきや、その場に留《とど》まって木製のジョッキを呷《あお》っている。ミレルが背後にちらちらと視線を向けながら口を開く。

「ちょっと聞きたいことがあるんだけど、いい？」

「僕に答えられることなら」

「その、神官さんって言うのはあだ名よね？」

「ミレルはどう思う？」

「神官には見えないわね」

クロノが問い返すと、ミレルは溜息交じりに答えた。丁度、そこに神官さんがやって来る。昼間から飲んだくれているので足がふらついている。

「待たせたの。会計を頼《たの》んだぞ」

「はいはい……」

クロノは溜息を吐《つ》き、リオに視線を向けた。リオが腕を放す。

「いくら？」

「銀貨五枚」

クロノは財布《さいふ》から銀貨を取り出してミレルに差し出した。

「どうぞ」

「毎度ありがとうございます」

そう言って、ミレルは銀貨をポケットに収めた。

「じゃあ、行きましょう」

「そうじゃな」

リオと神官さんを伴《ともな》い、外に出る。すると、イグニス将軍とアクアが立っていた。エレインとバン達《たち》はいない。どうやら先に行ってしまったようだ。

「イグニス、出迎《でむか》えご苦労」

「……」

神官さんが上機嫌《じょうきげん》で言うが、イグニス将軍は無言だ。ついでに不機嫌《ふきげん》そうだ。

「そんなムスッとしてないで何か言ったらどうなんじゃ？」

「他人の金で飲む酒は美味《うま》いか？」

「そんなことは言わんでええ！」

イグニス将軍が嫌みを言うと、神官さんは声を荒《あら》らげた。

「じゃが、あえて言おう！　他人の金で飲む酒は美味いとッ！」

「……糞ババア」

「いつになく辛辣《しんらつ》！」

イグニス将軍が吐き捨てるように言い、神官さんはぎょっと目を剥《む》いた。

「ちょっと、イグニス」

「行くぞ」

アクアが責めるような声音《こわね》で言うが、イグニス将軍は無視して歩き出した。神官さんは
イグニス将軍の背中を見つめ、深々と溜息を吐いた。

「まったく、冗談《じょうだん》の通じんヤツじゃ」

「冗談だったんですか？」

「いや、限りなく本気じゃ」

「チッ……」

「お主まで……」

クロノが舌打ちすると、神官さんは情けない声で言った。

「それで、首尾はどうでした？」

「うむ、美味かったぞ」

「酒や料理の感想ではなく」

「分かっとる分かっとる。冗談ではないか」

クロノが突っ込むと、神官さんは拗《す》ねたように唇《くちびる》を尖《とが》らせた。

「で、どうでした？」

「まあまあ楽しい時間を過ごせたの。同席していた連中もそうだといいんじゃが……」

「クロノ……」

神官さんが自信なさそうに言い、リオが口を開く。

「何？」

「神官さんを酒場に通わせることにどんな意味があるんだい？」

「これも宣伝工作の一環《いっかん》だよ」

「それは分かっているけど……、宣伝工作の役に立っているようには見えないよ？」

「初対面の時は敬意を払ってくれたのにのぅ」

リオの感想に神官さんは寂《さび》しそうにぼやいた。

「クロノはどう思うんだい？」

「ぶっちゃけ、思い付きで立てた作戦なので神官さんにはあまり期待してません」

「何じゃと⁉」

リオの質問に答えると、神官さんは驚《おどろ》いたように目を見開いた。

「あまり期待していないのなら、どうしてやってるんだい？」

「今回の作戦の肝《きも》はシナジー――複数の作戦を実行して相乗効果を生み出すことだからね。できることは何でもやっておこうと思って」

「何でも、ね」

クロノが本心を口にすると、リオは溜息交じりに応じた。それに、とクロノは神官さんに視線を向ける。

「神官さんって割とポンコツな所があるけど――」

「もうちょい言い方を考えてもらえんかのぅ」

「話してると割とハッとさせられることがあるんだよ」

「お、おぅ……」

クロノが無視して続けると、神官さんは照れ臭《くさ》そうに視線を逸らした。

「意識的にやってる訳じゃないからガチャ、もとい、くじ引き感があるけど」

「誉《ほ》めるんならちゃんと誉めてくれんかの」

神官さんがぼやくように言い、クロノはイグニス将軍達に視線を向けた。そのつもりだったが、イグニス将軍達の姿は見えない。後を追おうとして止める。

「ん？　行かんのか？」

「神官さん……」

「何じゃ？」

「さっき足がふらついてましたけど、大丈夫《だいじょうぶ》ですか？」

「おお、心配してくれるのか。大丈夫じゃ。あれくらい飲んだ内に入らん」

「本当ですか？」

パンという音が響《ひび》く。クロノの手を神官さんが叩《たた》いたのだ。

「大丈夫みたいですね」

「うむ、さっきも言った通りあれくらい飲んだ内に入らん。入らんが、どうしてワシのおっぱいを揉《も》もうとした？」

「本当に大丈夫なのか確かめようとしました」

「他にやり方があるじゃろ、他にやり方が」

「他にどうしろと？」

「知らん！」

神官さんが荒々《あらあら》しい足取りで歩き出し、クロノは後を追った。すぐに追いつき、肩を並べて歩き出す。ちらちらと神官さんの方を見ていると視線を感じた。反対側を見る。すると、リオがいた。

「クロノ……」

「何でしょう？」

「クロノは本当におっぱいが好きだね」

「男なら誰《だれ》でもそうだと思います」

「誰でも、ね」

リオが深々と溜息を吐き、クロノは正面に向き直った。

「そういえば神官さん？」

「またおっぱいか⁉」

クロノが呼びかけると、神官さんは叫《さけ》び返してきた。

「いえ、イグニス将軍から神官さんが来てくれるお陰《かげ》で神殿の影響《えいきょう》を免《まぬが》れているみたいな話を聞いたんですが……」

「うむ、先代？　先々代？　の頃《ころ》からちょくちょく遊びに来てるの」

「先代か、先々代かも覚えていないなんて」

「仕方ないじゃろ」

何が仕方ないのかと思わないでもないが、本題ではないのでスルーする。

「ちょくちょく遊びに来てる割にミレルとは顔見知りじゃないんですね」

「ミレル？　ああ、酒場の女給じゃな」

神官さんは小首を傾《かし》げたが、すぐにミレルが誰なのか思い出したようだ。

「それで、ミレルがどうしたんじゃ？」

「ミレルがどうこうじゃなくて、ちょくちょく来てる割に知り合いが少ないんだなって」

「そ、そんなことないぞ。ワシ、友達が多い方じゃし。と、友達百人くらいおるし」

「見栄は張らなくていいです」

「ぐぅ……」

クロノがぴしゃりと言うと、神官さんは口惜《くや》しそうに呻いた。

「それで、どうしてですか？」

「イグニスもじゃが、イグニスの父親もお堅《かた》いヤツでな。ワシが遊びに行くと——といってもフォマルハウト家に遊びに行ってた訳じゃないんじゃが、とにかく遊びに行くと何処《どこ》からともなくやって来て屋敷に連行するんじゃよな～」

そう言って、神官さんは不満そうに唇を尖らせた。その横顔を見ていて、ふと閃《ひらめ》くものがあった。

「神官さんは他人と関わりたいんですね」

「どうして、そう思ったんじゃ？」

「どうしてって……」

神官さんに問いかけられ、クロノは口籠《くちご》もった。

「何となくそう思っただけです」

「何となくか」

う〜む、と神官さんは唸る。

「やっぱり、ワシの後継《こうけい》にならんか？」

「前にも言った通り、僕は俗世《ぞくせ》に未練たらたらなんで」

「そうか。惜《お》しいのぅ」

そう言って、神官さんは心の底から惜しんでいるかのように深々と溜息を吐いた。

※

とっぷりと日が暮れた頃、クロノ達はイグニス将軍の屋敷《やしき》に辿《たど》り着いた。高い塀《へい》に囲まれた古びた建物だ。開け放たれた門を潜《くぐ》り、手入れの行き届いていない庭園を横切り、玄《げん》関《かん》から中に入る。

「今、帰ったぞ！」

「お帰りなさいませ」

神官さんが声を張り上げると、フォマルハウト家の家令が出迎えてくれた。オールバックの老紳士《ろうしんし》で、名をギャリソンという。いつも微笑《ほほえ》んでいるかのように口元を綻ばせているのだが、目は笑っておらず古参兵のようなすごみがある。

「飯はできとるか？」

「皆様《みなさま》、すでにお待ちです。どうぞ、こちらに」

ギャリソンが踵《きびす》を返して歩き出し、クロノ達も後に続く。質実剛健《しつじつごうけん》という言葉を体現したような飾《かざ》り気《け》のない廊下《ろうか》を通り、食堂に入る。『皆様、すでにお待ちです』というギャリソンの言葉に偽《いつわ》りはなく、皆席に着いて待っていた。

大きなテーブルの上座——所謂《いわゆる》、お誕生日席にはイグニス将軍が、奥《おく》の席には一つ席を空けてエレイン、シオン、アクアが、手前の席には二つ席を空けてレオンハルト、フェイ、ミノ、シロ、ハイイロが座《すわ》っている。本当に待っていたようでテーブルの上に料理は並んでいない。クロノは申し訳ない気分で空いている——イグニス将軍に最も近い手前の席に座った。ちなみにリオはクロノの隣、神官さんはクロノの対面の席だ。

「お待たせして——」

「イグニス、飯はまだか？」

「すぐに来る」

神官さんがクロノの言葉を遮《さえぎ》って言い、イグニス将軍がムッとしたように答える。しばらくして使用人が料理の載《の》ったワゴンを押《お》して食堂に入ってきた。ワゴンを止め、テーブルの上に料理を並べ始める。メニューはパンとスープ、サラダ、魚の塩焼きだ。メニュー自体は侯爵邸《こうしゃくてい》と変わらないが、こちらの方が質素だ。女将《おかみ》の料理が恋《こい》しい。

「イグニス、これはちょっと……」

「私は兵士と同じ食事を取ることにしている」

「それは立派だと思うけど……」

アクアが苦言を呈《てい》するが、イグニス将軍はにべもない。使用人が料理を並べ終え――。

「皆、神に祈《いの》りを……」

「「「「「「……」」」」」」

イグニス将軍が厳《おごそ》かに告げ、クロノ達は祈りを捧《ささ》げた。ちなみに神官さんはグラスにワインを注いでいる。祈りが終わり、クロノはパンに手を伸ばした。二つに割り、堅くてパサパサしたパンを頬張《ほおば》る。あまり美味《おい》しくない。パンを呑《の》み込み、スープを食べるためにスプーンを手に取ったその時、神官さんが口を開いた。

「葬式《そうしき》かってくらい静かじゃの」

「食事は静かにするものだ」

「何か話してくれんか？」

神官さんはイグニス将軍の言葉を無視してこちらに視線を向けてきた。僕に話を振《ふ》らないで、と思わないでもない。

「神官さん、この後の予定は？」

「もしや、ワシを口説いて――」

「そうではなく」

「じゃあ、なんで予定なんぞ聞くんじゃ？」

クロノが言葉を遮って言うと、神官さんは拗ねたように唇を尖らせた。

「覚悟《かくご》を決めておきたかったんです」

「覚悟？　何の覚悟じゃ？」

クロノの言葉に神官さんは小首を傾げた。

「神官さん、お風呂《ふろ》に入りますよね？」

「そりゃ、まあ、風呂くらいはな」

「もちろん、僕もお風呂に入りますが――」

「嬉《うれ》し恥《は》ずかし、お風呂でニアミスの覚悟じゃな？」

「いえ、お風呂に入った時にバスタブの底に沈《しず》んでる神官さんを見つけた時の覚悟です」

「どうして、ワシがバスタブの底に沈んどるんじゃ⁉」

クロノが何を危惧《きぐ》しているか告げると、神官さんはぎょっと目を剥いた。

「それだけお酒を飲んでお風呂に入ったら溺死《できし》くらいしますよ」

「不老不死の人間が風呂で溺死する訳ないじゃろ」

「お風呂で溺死しかけたことは？」

「ないの」

「今日が初めての溺死ですね」

「どうして、そんなにワシを溺死させたいんじゃ……」

神官さんが呻《うめ》くように言うと、くすッという音が響いた。それもすぐ近くから。隣を見ると、リオが苦笑《くしよう》していた。

「どうかしたの？」

「いや、楽しそうに話すなって思ったのさ」

「うん、まあ、神官さんと話すのは楽しいよ」

「本と——いや、待て」

神官さんは身を乗り出し、自分で自分に待ったを掛《か》けた。

「これはあれじゃな？　『本当か？』と尋《たず》ねたら『社交辞令ですよ』って言うパターンじゃな？　ワシには分かる」

「本当に神官さんと話すのは楽しいですよ」

「そ、そうか」

神官さんが照れ臭そうに頬《ほお》を掻《か》く。チョロと思ったが、もちろん口にはしない。世の中には黙《だま》っていた方がいいこともあるのだ。そこで、ふとあることに気付く。

「アクアさん？」

「な、何⁉」

クロノが声を掛けると、アクアはびくっと体を震《ふる》わせた。

「そんなに警戒《けいかい》しないで下さい」

「警戒なんてしてないわよ」

アクアは警戒してますと言わんばかりの態度で言った。何気に傷付く。

「第十三近衛騎士団《きしだん》の団長クロノ・クロフォードです。原生林を隔《へだ》てたエラキス侯爵《こうしゃく》領とカド伯爵《はくしゃく》領の領主も務めています」

「……」

スプーンをテーブルに置き、ぺこりと頭を下げる。だが、アクアは無言だ。不思議そうにこちらを見ている。

「アクア、挨拶《あいさつ》がまだだ」

「あッ！」

イグニス将軍がぼそりと言うと、アクアは声を上げた。

「確かに挨拶をしてなかったわね」

アクアは居住まいを正した。

「お初にお目に掛かります。私は神聖アルゴ王国で将軍を務めるアクア・アルファードです。イグニス将軍のサポートをすべく国王陛下に直訴《じきそ》してこちらに参りました。不束者《ふつつかもの》ではございますが、どうぞよしなに」

「こちらこそ、よろしくお願いします」

アクアが頭を下げ、クロノは再び頭を下げた。

「ところで、僕の仲間と挨拶は？」

「貴方達《あなたたち》を待っている間に済ませたわ。そちらの……、彼女《かのじょ》さんとはまだだけど」

アクアが視線を向けると、彼女さん——リオが背筋を伸《の》ばした。

「私は第九近衛騎士団の団長リオ・ケイロンと申します。どうぞ、よろしく」

「こちらこそ」

リオとアクアが挨拶を交《か》わす。クロノはリオが『私』という一人称《いちにんしょう》を使ったことに新鮮《しんせん》な喜びを感じながら再びスプーンを手に取った。スープを口に運ぶ。兵士に合わせているからか、やけに塩《しょ》っぱいスープだ。

そんな感想を抱《いだ》きながらスープを口に運んでいると、リオがアクアに話しかけた。

「私は——ああ、普段《ふだん》は自分のことをボクと呼んでいるのだけれど……」

「ボクで構わないわよ」

「ありがとう。ボクは翠にして流転を司る神の神威術士なのだけれど、アクア殿は？」

「私はバンと同じ——蒼にして生命を司る女神の神威術士よ。といってもちょっとした傷を治せるくらいだけど……」

アクアは困ったように笑い、イグニス将軍に視線を向けた。もっと自分に力があれば。そんな気持ちが伝わってくるようだ。

「気にするな。お前はよくやっている」

「イグニス……」

イグニス将軍がぶっきらぼうに言い、アクアは感極《かんきわ》まったように彼《かれ》の名を口にした。ただの同僚《どうりょう》とは思えない嬉し恥ずかし恋の予感な雰囲気《ふんいき》だ。視線を巡《めぐ》らせる。この雰囲気のせいだろうか。皆、無言で食事をしている。

「そういえば将軍はイグニス将軍とアクアさんだけなんですか？」

「クロノ、神聖アルゴ王国に六人の将軍がいるなんて常識だよ」

クロノの質問に答えたのはリオだった。

「常識なんだ」

「常識かどうか分かりやせんが、六人の将軍がいるってぇ話は聞いたことがありやすね」

「俺達《おれたち》、知ってる」」

「割と有名な話よね」

「そうだね」

クロノが小さく呟くと、ミノ、シロ、ハイイロ、エレイン、レオンハルトの五人が続いた。フェイに視線を向ける。

「フェイは知ってた？」

「も、もも、もちろんでありますよ。と、とと、とても有名な話であります」

クロノの問いかけにフェイは上擦《うわず》った声で答えた。知らなかったなと思ったが、フェイの体面を慮《おもんぱか》って口にはしない。

「火のイグニス、水のアクアときたら、あとは地のテッラと風のウェントスですね。光と闇《やみ》は分からないですけど」

「ルクス将軍とノックス将軍ね」

「詳《くわ》しいですね」

エレインがすかさず将軍の名前を口にし、クロノは素直《すなお》な感想を漏《も》らした。くすッ、とエレインが笑う。

「私の職業は？」

「シナー貿易組合の組合長です」

「副業で情報屋もやってるわ」

ふふん、とエレインは鼻を鳴らした。

※

夜――クロノはベッドに横たわったまま視線を巡らせた。そこはフォマルハウト邸《てい》の客室だ。客室といっても飾り気はなく、家具も最低限のものしか置かれていない。人によっては軽《かろ》んじられたと気分を害するかも知れないが、クロノは奇妙《きみょう》な居心地《いごこち》のよさを感じていた。きっと、南辺境や帝都《ていと》にあるクロフォード邸と雰囲気が似ているからだろう。そんなことを考えていると、トントンという音が響いた。扉《とびら》を叩く音だ。

こんな夜更《よふ》けに誰だろ？　と訝《いぶか》りながらベッドから下り、扉に歩み寄る。少しだけ緊《きん》張《ちょう》して扉を開ける。すると――。

「一緒《いっしょ》に酒でも飲まんか？」

神官さんがグラスとワインの瓶《びん》を持って立っていた。そっと扉を閉じる。ややあってドンドンという音が響く。小さく溜息《ためいき》を吐いて扉を開ける。

「何でしょう？」

「どうして、無言で扉を閉めるんじゃ？」

「お酒はあまり好きじゃないんで」

「何と⁉　お主は人生を丸々損しとるぞ。というか、ワシみたいな美人と酒を飲めるんじゃぞ？　二つ返事でＯＫするべきじゃろ？」

「……」

クロノは答えなかった。しげしげと神官さんを眺《なが》める。ついでにくんかくんか匂《にお》いを嗅《か》いでみる。昼間からお酒を飲んでいたせいだろう。かなり酒臭《さけくさ》い。

「今日はいいかな～」

「お主、酒の勢いに乗じてワシを押し倒《たお》そうとしとるじゃろ？」

「いえ、そんなことは……」

クロノがそっと視線を逸《そ》らすと、神官さんはずいっと距離《きょり》を詰《つ》めてきた。おっぱいが近い。ここまで接近されると本当のことを言っておいた方がいいかなという気になる。

「ええ、まあ、僕《ぼく》も男ですから。機会があればね。機会があればズブッといっちゃいたいなって思ってますよ、当然」

「碌《ろく》でなしか、お主は。ちゅうか、神人《しんじん》をそういう目で見るのはどうなんじゃ？」

「僕は毛色の違《ちが》う男ですから」

クロノはふっと笑い、髪《かみ》を掻き上げた。

「お主、側頭部にハ――」

「ハゲじゃないですよ！」

「うぉッ！　そんなに大声を出さんでもよいではないか」

クロノが大声で否定すると、神官さんはびっくりしたように後退った。

「神官さん、いいですか？　男は髪の毛が薄《うす》くなっていると指摘《してき》されただけで絶望的な気分になり、直接的な言葉を口にされただけで死にかねないナイーブな生き物なんです。だから、間違《まちが》ってもハから始まる言葉を口にしてはいけません」

「そんなんでよく生きていけるのぅ」

「分かりましたね？」

「うむ、よく分からんが、分かった」

クロノが念を押すと、神官さんは鷹揚《おうよう》に頷《うなず》いた。

「という訳で僕とお酒を飲む時はズブッとされちゃう覚悟をしてきて下さい」

「一緒に酒を飲むだけでそんな覚悟できる訳ないじゃろ」

神官さんは溜息交じりに言って顔を背《そむ》けた。気落ちした様子で廊下を歩き出す。クロノは小さく息を吐き、扉を閉めた。ベッドに戻《もど》ろうとした次の瞬間《しゅんかん》、またトントンという音が響いた。扉を開けると、リオが立っていた。間を置かずに開けたからだろう。きょとんとした顔をしている。

「遊びに来たんだけど……、随分《ずいぶん》と早く扉を開けたね？」

「今さっき神官さんにお酒を飲もうって誘《さそ》われたんだよ」

「その様子だと断ったみたいだね。入ってもいいかな？」

「どうぞ、どうぞ」

「じゃ、遠慮《えんりょ》なく」

リオが部屋に入り、クロノは扉を閉めた。移動してベッドに腰《こし》を下ろす。だが、少しだけ距離がある。距離を詰め、肩《かた》に手を回そうとしたその時、リオが口を開いた。

「そういえば……」

「はい……」

クロノはサッと手を引っ込めた。

「クロノが新たな地平を開拓《かいたく》しようとしていると小耳に挟《はさ》んだんだけど……」

「はい……」

「ボクも新たな地平を開拓したいな〜」

大歓迎《だいかんげい》ですよ！　と言いたかったが、何故《なぜ》か言葉が出てこなかった。その代わりに嫌な予感がした。ここは慎重《しんちょう》に、慎重に行動すべき。

「それは、どんな方向性で？」

「う〜ん、そうだね」

クロノがおずおず尋ねると、リオは思案するように腕《うで》を組んだ。だが、どういう訳かわざとらしく感じた。しばらくしていい案を思い付いたというように手を打ち鳴らす。

「初めて同衾《どうきん》した時のことなんだけど、覚えてるかい？」

「うん、リオに殺されかけたね」

「また攻守《こうしゅ》を交代してみたいな」

クロノの言葉を聞いているのかいないのか、リオはそんなことを言った。照れ臭そうにしているが――。

「また殺されかけろと？」

「嫌《いや》だな。そんなことする訳ないじゃないか。ほら、クロノは皇女殿下《でんか》を拘束《こうそく》したりしているんだろ？　それで、クロノを拘束してみたいと思ったのさ」

「夜伽《よとぎ》の内容がだだ漏れですね」

「皆、割と口が軽いからね」

リオはしみじみとした口調で言った。皆の範囲《はんい》が気になったが、口にはしない。世の中には知らない方がいいこともあるのだ。

「どうかな？」

「可愛《かわい》い顔してSMのお誘いか」

リオが身を乗り出して言い、クロノは呻いた。

「SM？」

「サディズムとマゾヒズムを組み合わせたサドマゾキズムの略語です。スレイブ&マスターの略という説もありますが、サディズムとマゾヒズム的な性的嗜好《しこう》に基づく倒錯《とうさく》プレイと考えて頂ければ問題ありません」

「へ～、クロノは物知りだね」

クロノがSMについて説明すると、リオは感心しているかのように言った。

「それで、返事は？」

「ちゃんと加減してくれる？」

「もちろんさ。怪我《けが》をさせないように細心の注意を払《はら》うよ」

「精神面や衛生面にも気を遣《つか》ってくれると助かります。あとリオが挿入《そうにゅう》するのはなしで」

「うん、約束するよ」

　リオが安心してと言うように微笑む。その微笑みを見ていると、信じてもいいのではないかという気がしてくる。それに、いざとなれば刻印術《こくいんじゅつ》がある。逃《に》げることくらいはできるはずだが、踏《ふ》ん切りの付かない自分がいる。

「まずはお試《ため》しプレイなんて如何《いかが》でしょう？」

「わざわざそんなことをしなくても――」

「大事大事。お試しプレイ、とても大事です」

「分かったよ。それで、どんなプレイをするんだい？」

　リオは溜息交じりに言って脚《あし》を組んだ。それで、どんなプレイをするのか決まった。

「全裸《ぜんら》になって床《ゆか》に正座するので足でよろしくお願いします」

「ボクはベッドに座ったままでいいのかい？」

「はい……」

クロノは小さく頷き、ベッドから立ち上がった。素早《すばや》く服を脱《ぬ》ぎ、丁寧《ていねい》に畳《たた》んだ後でリオの正面に正座する。

「どうぞ」

「攻《せ》められる側に指示されるのはどうなんだろうね」

リオはぼやき、足の裏でクロノに触《ふ》れた。最初はつまらなそうにしていたが、クロノが元気になるにつれて表情が変化する。

「クロノ、こんなに元気になって……。気持ちいいのかい？」

「はい……」

「ふふ、足蹴《あしげ》にされているのにクロノは変態だね」

クロノが小さく頷くと、リオは口元を綻《ほころ》ばせた。それは微笑み。サディスティックな微笑みだった。

※

イグニスは羽根ペンを置き、羊皮紙に書いたばかりの文面を眺めた。商人に宛《あ》てた書簡だ。卸売市場《おろしうりしじょう》を設けたことやいくら税を払えば利用できるかが記してある。書き損じはないが――。

「やはり、左手では上手《うま》く書けんな」

イグニスはお世辞にも上手いとは言えない自身の文字を眺めながらぼやいた。神威術で羊皮紙を焦《こ》がして文字を記せれば楽なのだが、そんなことをすれば神殿《しんでん》が文句を付けてくることだろう。連中のことなどどうでもいいが、商人達に迷惑《めいわく》を掛ける訳にはいかない。そんなことを考えていると、トントンという音が響いた。扉を叩く音だ。

「入れ！」

声を張り上げると、扉が開いた。扉の向こうにいたのは漆黒神殿《しっこくしんでん》の大神官――ババアだった。グラスとワインの瓶を持っている。

「イグニス、一緒に酒を飲まんか？」

「飲まん。仕事がある」

「即答《そくとう》か！」

イグニスが申し出を断ると、ババアは大声で叫んだ。

「お主といい、クロノといい、つれないのぅ、つれないのぅ」

ババアは寂しそうに言いながらこちらに近づいてきた。机の上に座り、ワインをグラスに注ぐ。どれだけ酒を飲んだのか。強烈《きょうれつ》な酒の匂いが鼻腔《びこう》を刺激《しげき》する。イグニスは無言で立ち上がり、執務室《しつむしつ》の窓を開けた。夜気が流《なが》れ込み――。

「嫌みか！」

「酒臭いんだッ！」

ババアが叫び、イグニスは叫び返した。机に戻り、どっかりとイスに腰を下ろす。

「先程《さきほど》、『クロノといい』と言ったが……」

「うむ、ここに来る前に寄ってきた」

「断られて俺《おれ》の所に来た訳か」

「そんな訳なかろう。君に神殿を捧げるとか、熱烈《ねつれつ》に口説かれて大変だったんじゃぞ？」

「秒でバレる嘘《うそ》を吐《つ》くな」

「嘘など吐かんわい！　ちょっと話を盛っただけじゃッ！」

「それを嘘と言うんだ！」

イグニスはババアに叫び返し、こめかみを押さえた。

「また敵になるかも知れない男相手に何をしている」

「それは王国の話じゃろ？　ワシに敵なんかおらんわい」

ババアがあっけらかんと言い、イグニスは顔を顰《しか》めた。やはり、ババアには王国に対する帰属意識がないようだ。

「あの男——いや、クロノ殿をどう思う？」

「うむ、ワシの後継にと思うておる」

「それほどか？」

「まあ、断られたがな。それで、お主はどう思っておるんじゃ？」

「……悪い男ではない」

イグニスはやや間を置いて答えた。そう、悪い男ではない。寝食《しんしょく》を共にする内に普通《ふつう》の青年だと思うようになった。何度も煮《に》え湯《ゆ》を飲まされたにもかかわらずだ。

「悪い男ではない、か」

「嘘は吐いていない」

「分かっておる」

ババアはワインの瓶を机に置くとグラスを口元に近づけた。香りを愉《たの》しむようにグラスを傾《かたむ》ける。

「イグニス、お主は愚《おろ》かじゃな」

「何だと？」

「マグナスのヤツが受け入れた以上、お主にできるのは作戦に協力することだけじゃ」

「……」

イグニスはババアに言い返すことができなかった。ババアの言う通りだ。マグナス国王が協力を要請《ようせい》し、帝国《ていこく》はこれを受け入れた。となれば協力するしかない。

「それに、お主はこの作戦の最終目的に——クロノが何を考えているのか気付いとるんじゃろ？」

「ババアも気付いてたか」

「これでも、ワシは漆黒神殿の大神官じゃぞ」

ババアはグラスを机に置き、これでもかと胸を張った。

「まあ、ワシのことはいい。とにかく、お主は全て承知の上で協力することを選んだんじゃろ？　それなのにまた敵になるかも知れんとか言い出してどうするんじゃ。毒を食《く》らわば皿まで。とことん突《つ》っ走《ぱし》ってみぃ」

「他人事だと思って簡単に言ってくれる」

「ま、他人事じゃからな」

ババアは肩を竦《すく》めると机から下りた。グラスとワインの瓶を机に置いたまま歩き出す。

おい、と声を掛ける。すると、ババアは立ち止まった。

「何じゃ？」

「酒はいいのか？」

「う～む……」

イグニスが問い返すと、ババアは思案するように腕を組んだ。

「やる」

「いらん」

「さらばじゃ！」

そう言って、ババアは執務室を出て行った。イグニスは深々と溜息を吐き——。

「毒を食らわば皿まで、か」

小さく呟《つぶや》いた。

※

深夜——光が神殿の通路を照らしている。神威術で生み出した白い炎《ほのお》が放つ光だ。炎を先行させ、純白神殿の大神官アルブスは通路を進む。通路を進んでいると、扉が見えてきた。聖堂へと続く扉だ。その前には二人の神殿騎士《しんでんきし》が立っている。二人はアルブスに気付くと道を空け、背筋を伸ばした。
「「お勤め、ご苦労様です」」

「ええ、貴方達も……」

アルブスは労《ねぎら》いの言葉を返し、白い炎を自身の頭上に移動させた。おお、と二人が声を上げる。神威術・光明——白い炎を生み出し、周囲を照らす。それだけの術だが、神威術を使えない二人にしてみれば文字通り神威の顕現《けんげん》に見えることだろう。だからこそ、これ見よがしに使っている訳だが——。

これしか神威術を使えないと知ったらどんな顔をするでしょう？　とアルブスは笑《え》みを深め、扉を開けた。聖堂に足を踏み入れ、奥にある祭壇《さいだん》に向かう。これから聖堂に籠《こ》もり、神に祈りを捧げる。それがお勤め——代々続く慣習だった。

アルブスは立ち止まり、祭壇に触れた。力を込《こ》める。すると、巧妙《こうみよう》に偽装《ぎそう》された扉が開いた。隠《かく》し扉の向こうにあったのは階段だ。白い炎を消し、神官服の袖《そで》から透明《とうめい》な球体を取り出す。照明用マジックアイテムだ。

「明かりよ」

小さく呟くと、マジックアイテムが白々とした光を放った。マジックアイテムの光を頼《たよ》りに階段を下り、通路を進む。

ふと先代の大神官に後継に指名された日のことを思い出す。といってもいきなり指名された訳ではない。何年も後継者《こうけいしや》レースみたいなことをやった後でだ。だが、正直にいえばアルブスは自分が後継に指名されるとは思っていなかった。光明しか神威術を使えないし、信仰心《しんこうしん》にも乏《とぼ》しい。他人より優《すぐ》れた所といえば金を集める手腕《しゅわん》くらいなものだ。自分で言うのもなんだが、これで後継に指名されると思っていたらそちらの方が問題だ。

だから、後継者レースを他人事のように感じていた。というか、自分が後継候補であることに気付きもしなかった。にもかかわらずアルブスは後継に指名された。最初は信じられなかった。青天の霹靂《へきれき》とはまさにこのことだ。だが、一ヶ月も経《た》たない内に自身が後継に指名された理由を理解した。組織を維持《いじ》するには金が必要で、対立を招く過度の信仰心は不要。つまり、そういうことだ。きっと、後継者レース自体が不適格者を炙《あぶ》り出すために仕組まれたものだったのだろう。真面目な者ほど大神官の座から遠ざかるとは実に悪辣《あくらつ》だ。だが――。

後継を選ぶ時は私も同じことをするでしょうね、と心の中で嘯《うそぶ》きながら通路の突き当たりにある扉を開ける。すると、円卓《えんたく》とそこに座す三人の男――真紅《しんく》神殿《しんでん》の大神官ルーフス、翠《みどり》神殿《しんでん》の大神官ウィリディス、黄土神殿の大神官フラウムの姿があった。蒼神殿《あおしんでん》の大神官レウムはまだ来ていないようだ。

「お待たせしました」

アルブスは遅《おく》れたことを謝罪し、自身の席に座った。五合会――誰《だれ》が最初に呼び始めたのか分からないが、この集いはそう呼ばれている。漆黒神殿の大神官に対抗《たいこう》すべく結成されたらしいが、本懐《ほんかい》を遂《と》げる機会は一度もなく、今では神殿間の利益調整をする場となっている。

議長を務めているので緊張すべきなのだろう。だが、ここに来るとどうしても安堵《あんど》に似た感情を抱いてしまう。やはり、それは信仰心の乏しさ——神だの、神意だの益体《やくたい》のない話をすることに苦痛を感じている——故だろう。あとは他のメンバーにシンパシーめいたものを感じているのも大きいか。

ふふ、と笑う。すると、ガチャという音が響《ひび》いた。扉の開く音だ。音のした方を見ると、蒼神殿の大神官レウムが入ってくる所だった。大儀《たいぎ》そうに体を揺《ゆ》らしながらやって来て、どっかりとイスに腰を下ろす。

「遅れてすまんな」

「いえ、私も今来たばかりですから構いませんよ。ああ、そういえば情報収集にご協力頂き、ありがとうございます。何か情報は？」

「生憎《あいにく》、詳しい情報は入っとらん」

「そうですか。無茶《むちゃ》をしては元も子もないですし、仕方がありませんね」

レウムがぶっきらぼうに言い放つが、アルプスは小さく微笑んだ。レウムは権勢欲が強い。ぶっきらぼうな物言いも自身を大きく見せようとしてのことだ。そんな男に付き合っていちいち気分を害していられない。それに、イグニス将軍のもとにいる間者は彼の手駒《てごま》だ。それを思えば少しくらい大目に見てやろうという気になる。そんなことを考えながらルーフスに視線を向ける。

「ルーフス殿は何か聞いていませんか？」

「私は皆さんと違って耳遠いものでして……」

ルーフスは困ったように笑った。恐《おそ》らく、事実だろう。イグニス将軍が真紅《しんく》にして破壊を司る戦神を信仰《しんこう》していることもあって真紅神殿は立場が弱い。これ以上、立場を悪くするような真似《まね》をするとは思えなかった。

「そういえば……」

「ウィリディス殿、何かご存じなのですか？」

「ああ、いえ、小耳に挟んだという程度なのですが……、どうやらイグニス将軍が商人どもに書簡を送っているようでして……」

アルブスの質問にウィリディスは口籠《くちご》もりながら答えた。ほぅ、と声を上げる。武人としての矜持《きょうじ》からか、イグニス将軍は正攻法《せいこうほう》を好む。それが商人を味方に付けようとしている。今更《いまさら》という思いはあるが、なりふり構わずに戦おうとしていると考えると馬鹿にする気にはなれなかった。

「フラウム殿はどうですか?」

「……」

フラウムは答えない。だが、知っていることがあるのだろう。目が泳いでいる。

「フラウム殿?」

「いえ、その……、実はイグニス将軍が村々を回っているという話が……」

わずかに語気を強めて名前を呼ぶと、フラウムは口籠もりながら答えた。

「理由はご存じですか?」

「何でも芝居《しばい》を披露《ひろう》しているとか……」

「芝居?」

思わず問い返す。ぶははッという笑い声が響く。レウムの笑い声だ。視線を向けると、レウムは笑うのを止めた。

「いや、失礼。イグニス将軍ともあろう者がドサ回りをして民草の支持を得ようなど実に哀《あわ》れではないかと……」

くくくッ、とレウムは忍《しの》び笑《わら》いを漏らした。嫌な笑い方だ。だが、そのお陰《かげ》で気を引き締《し》めなければと思うことができた。

「確かに哀れですが、気を引き締めていきましょう」

「くくッ……」

「「「……」」」

アルブスの言葉にレウムは笑いを噛《か》み殺しながら、ルーフス、ウィリディス、フラウムの三人は神妙《しんみょう》な面持《おもも》ちで頷いた。

幕間『略奪、アリデッド盗賊団』

昼——心臓が早鐘《はやがね》を打っている。落ち着け、とデュランは馬上で胸を押《お》さえた。第一近衛騎士団のレオンハルト殿に指導を受けたんだ。帝都だけじゃない。道中でも受けた。今の俺は指導を受ける前とは別人だ。そんじょそこらのヤツにゃおくれを取らない。簡単だ。団長が馬を走らせたら付いて行って、護衛を無力化する。簡単だ。簡単なことだ。俺ならできる、と自身に言い聞かせる。

にもかかわらず、心臓の鼓動《こどう》は収まらなかった。それどころか、速くなる一方だ。このまま心臓が飛び出すのではないかと考えたその時、肩を叩《たた》かれた。ハッとして隣《となり》を見ると、ブルーノがいた。デュランを嘲笑《あざわら》うかのような笑みを浮《う》かべている。

「ま〜たビビってんのか？」

「ビビってねーよ」

ブルーノが茶化《ちゃか》すように言い、デュランはムッとして言い返した。

「お前の方こそビビってるんじゃねーのか？」

「俺はお前と違って独り身だからな。ビビる訳がない」

「そーかよ」

デュランは吐き捨て、視線を巡らせた。周囲には鬱蒼《うっそう》とした森が広がり、二十人ほどの騎《き》兵《へい》が列を成している。先頭にいるのはエルフの双子《ふたご》——アリデッドとデネブだ。ちなみにデュランとブルーノがいるのは列の最後尾《さいこうび》だ。それはさておき——。

二人に従わなければならないと知った時、デュランはエルフに従うなんてと反感を抱いた。だが、彼女達《かのじょたち》が親征の生き残りであることや時間を掛《か》けて情報収集していることを知って生き延びるために従った方がいいのではないかと思うようになった。

我ながら現金なものだ。ブルーノはどうだろう。隣を見ると、ブルーノが股間《こかん》を握《にぎ》り締めていた。肩を叩くと、ブルーノはびくっと体を震わせた。

「何だ？」

「なんで、ちんこを弄《いじ》ってるんだ？」

「弄ってるんじゃない。押さえてるんだ」

デュランが尋《たず》ねると、ブルーノは苛立《いらだ》った様子で答えた。

「押さえている理由は？」

「ガキは緊張するとちんこを押さえるだろ？　それと一緒だ」

「お前もビビってるんじゃねーか！」

「俺は緊張してるんだ！」

デュランが突っ込むと、ブルーノはムッとしたように言い返してきた。声が大きかったせいだろう。前にいた仲間が肩越《かたご》しにこちらを見る。首を竦めると、仲間はしっかりしろよと言うように鼻を鳴らして正面に向き直った。デュランも正面に向き直る。すると、アリデッドが透明な球体――通信用マジックアイテムをポーチにしまう所だった。いよいよだろうか。

アリデッドが馬首を巡らせてこちらに向き直る。

「野郎《やろう》ども！　準備はＯＫみたいな⁉」

「イ、イエーッ！」

アリデッドが大声で叫《さけ》び、デュラン達は大声で叫び返した。

「声が小さいみたいな！　もう一度聞くしッ！　準備はＯＫみたいな⁉」

「イエーーッ‼」

アリデッドが再び大声で叫び、デュラン達は大声で叫び返した。

「「いざ！　出撃《しゅつげき》だしッ！」」

「イエーッ！」

アリデッドとデネブが馬の腹を蹴《け》って駆《か》け出し、デュラン達も後に続いた。一列になって原生林を駆ける。心臓を意識する。心臓は相変わらず早鐘を打っている。だが、心臓が飛び出すのではないかと考えていた時に比べると嘘のように落ち着いている。

視界が白く染まる。原生林を出たのだ。獲物《えもの》——街道を行き来する商人の姿を求めて視線を巡らせる。だが、何も見えない。失敗したのかと考えた次の瞬間、視界の隅《すみ》から二騎《にき》の騎兵に守られた幌馬車《ほろばしゃ》が現れた。こちらに気付いたのだろう。スピードを上げる。デュランもスピードを上げたかったが、街道までまだ距離がある。無理をして馬に怪我をさせる訳にはいかない。幌馬車が目の前を通り過ぎるが、アリデッドとデネブはまだスピードを上げない。幌馬車を追いたい。でも、スピードを上げられない。そんなもどかしさを抱《かか》えながら馬を走らせ、やがて街道に出る。

「スピードアップみたいなッ！」

「雄叫《おたけ》びを上げろみたいなッ！」

「うぉぉぉぉッ！」

アリデッドとデネブが叫び、デュラン達はスピードを上げながら雄叫びを上げた。馬蹄《ばてい》が地面を、雄叫びが空気を震《ふる》わせる。追われる恐怖《きょうふ》に耐《た》えられなくなったのか、二騎の騎兵が反転してこちらに駆けてくる。睾丸《こうがん》が迫《せ》り上がるような感覚に襲《おそ》われ、頭の中が真っ白になる。駄目《だめ》だ。何も思い出せない。この後、どうしていいかも分からない。先頭にいたアリデッドが何かを投げつける。

ドンッ！　という音が響き、デュランは我に返った。すると、騎兵が竿立《さおだ》ちになった馬から落ちる所だった。冷静さと共に記憶《きおく》が戻ってくる。そうだ。騎兵が落馬したら最後列の人間——つまり、デュランとブルーノが無力化するのだ。

アリデッド達が落馬した騎兵の脇《わき》を通り抜《ぬ》け、デュランは馬から飛び下りた。地面を転がって立ち上がり、棍棒《こんぼう》を手に騎兵に襲い掛かる。

「動くな！　武器を捨てろッ！」

デュランは喚《わめ》きながら棍棒で騎兵を殴《なぐ》りつけた。何度も何度もだ。もう一度殴りつけようと棍棒を振《ふ》り上げた次の瞬間、手首を掴《つか》まれた。

「やり過ぎだ！」

「——ッ！」

ハッと横を見ると、ブルーノがいた。

「ブルーノ？」

「どんだけパニクってるんだよ。危《あや》うく殺しちまう所だったぞ」

「お前の方は済んだのか？」

「まあ、な」

ブルーノはデュランの手首を放すと顎《あご》をしゃくった。彼《かれ》が顎で指し示した方を見ると、騎兵が縄で縛《しば》られていた。失態を演じたことを理解して頬《ほお》が熱くなる。

「早く縛っちまえ」

「わ、分かった」

デュランは棍棒をベルトに差し込み、縄を手に取った。また失態を演じるのではないかと不安だったが、難なく縛ることができた。おーッ！　と声が上がる。声のした方を見ると、仲間が幌馬車を取り囲んで拳を突き上げていた。さらにその先を見ると、馬防柵《ばぼうさく》と十人ほどの仲間の姿があった。斥候《せっこう》が通信用マジックアイテムで標的の接近を伝え、馬防柵の所まで追い込んで挟み撃《う》ちにする。これが今回の作戦だった。まあ、今の今まですっかり忘れていたが——。

「行こうぜ？」

「あ、ああ……」

デュランは口籠もりながらブルーノに応じた。騎兵——捕虜《ほりょ》を連れて仲間のもとに向かう。隣を歩くブルーノを見る。

「すまねぇ」

「ん？　何のことだ？」

「さっきのことだよ」

ああ、とブルーノは声を上げた。

「気にするな。こいつが気絶してなけりゃ俺も同じことをしてただろうし」

「は⁉　気絶してたのかよ？」

「がははッ、そういうことだ」

思わず聞き返すと、ブルーノは豪快《ごうかい》に笑った。

「チッ、情けねぇ初陣《ういじん》だ」

「死ななかっただけよしとしようぜ」

デュランがぼやくと、ブルーノは慰《なぐさ》めるように言った。その時、アリデッドと男の声が聞こえた。声のした方を見る。すると——。

「さあ、死にたくなければ有り金と荷物——まるっと幌馬車ごと寄越《よこ》すみたいな！」

「そんなことをされたら首を括《くく》るしかありません！　どうか、お慈悲《じひ》をッ！」

仁王《におう》立ちするアリデッドと土下座する商人がいた。

「は⁉　慈悲の心なんて持ってたら盗賊なんてやってないしッ！　というか、初めて会った相手の慈悲に縋《すが》るなんて何様ですかみたいな⁉」

「お姉ちゃん、お姉ちゃん……」

ふんぞり返るアリデッドにデネブが声を掛ける。

「何ですか、妹よみたいな？」

「ルール、ルール」

「ぐぅ、そうでしたみたいな」

デネブが溜息《ためいき》交じりに言うと、アリデッドは口惜《くや》しそうに呻《うめ》いた。

「仕方がないし。食料品と幌没収《ほろぼっしゅう》で勘弁《かんべん》してやるみたいな」

「ありがとうございます！」

アリデッドが溜息交じりに言い、商人は頭を地面に擦《こす》り付けた。何故、幌？　と思ったが、口にはしない。そこで、デュラン達に気付いたのだろう。アリデッドとデネブがこちらを見る。

「捕虜の確保、お疲《つか》れ――」

「くッ、殺せッ!!」

アリデッドは最後まで言葉を紡《つむ》ぐことができなかった。突然《とつぜん》、デュランが確保した捕虜が叫んだのだ。

「殺せって言ってるけど、そちらの方がお望みみたいな？」

「いえいえ！　滅相《めっそう》もございませんッ！」

アリデッドが氷のように冷たい視線を向けると、商人はガバッと体を起こし、手を左右に振った。すごく必死だ。まあ、食料品と幌だけで勘弁してもらえそうな所に横槍《よこやり》を入れられたら誰でも必死になるか。

「もっといい傭兵《ようへい》を雇《やと》った方がいいみたいな」

「誰が傭兵だ！」

「我々は神殿騎士だ！」

アリデッドが溜息交じりに言うと、二人の捕虜が飛び掛かろうとする。もちろん、そんなことはできない。落馬のダメージが抜けていない上、縛られている。さらにいえば近くにいた仲間達によって取り押さえられたからだ。

「神殿騎士？　聞いた覚えがないし」

「お姉ちゃん、神殿騎士って前に授業で習った神殿の独自戦力のことじゃない？」

「そんなこと言ってたっけみたいな？」

「言ってたよ」

アリデッドが不思議そうに小首を傾《かし》げ、デネブは溜息交じりに答えた。

「ん～、でも、どうして神殿騎士とやらが護衛してるのみたいな？」

「それはその、先の戦争以来、我《わ》が国《くに》では国境でお金を払い、神殿騎士に護衛をしてもらうことになってまして……」

「ほ～ん、そんなことになっていたとは露《つゆ》知らずみたいな」

商人がごにょごにょと説明し、アリデッドは合点《がてん》がいったとばかりに声を上げた。

「とはいえ、殺せとは穏《おだ》やかじゃないし」

「我々は神に仕える誇《ほこ》り高き騎士《きし》だ！　生きて虜囚《りょしゅう》の辱《はずかし》めを受けようとは思わんッ！　貴様も王国の人間であればエルフに慈悲を乞《こ》うな！」

「そんなこと言われましても……」

神殿騎士に怒鳴《どな》られ、商人は口籠もった。

「とりあえず拷問《ごうもん》しとくみたいな？」

「とりあえず拷問って訳が分からないよ」

「何処《どこ》までやったら生きて虜囚の辱めを受ける気になるのか試したい気持ちがふつふつと込み上げてきたみたいな」

「気持ちは分かるけど……」

分かるのかと思ったが、拷問係に任命されても厄介《やっかい》なので黙《だま》っておく。じゃあ、とアリデッドは空を見上げ――。

「とりあえず裸《はだか》に剥《む》いて街道に転がしておくみたいな？」

「それくらいなら――」

「ふざけるなッ！」

神殿騎士がデネブの言葉を遮《さえぎ》って叫ぶ。まあ、当然といえば当然だが、アリデッドは何の痛痒《つうよう》も感じていないようだ。

「あたしは慈悲深《じひぶか》いからパンツは残してやるみたいな。それじゃ、やっちゃって下さいみたいなッ！」

「「……」」

アリデッドが叫び、デュランはブルーノと顔を見合わせた。思わず噴《ふ》き出す。顔を見合わせようと、見合わせまいとやることは同じだ。

「悪く思うなよ」

本当に悪く思わないで欲《ほ》しいと思いながらデュランは神殿騎士に手を伸《の》ばした。

第二章『新たなる戦士、その名は――』

帝国暦《ていこくれき》四三二年七月　上旬《じょうじゅん》　朝――。

「ぶもーーーッ！」

「――ッ！」

ミノが裂帛《れっぱく》の気合いと共にポールアクスをイグニス将軍に振り下ろす。まともに喰《く》らえば命はない。だが、剣《けん》で受けようにもイグニス将軍は右腕《みぎうで》を失っている。人間相手ならばまだしもミノタウロスを相手取るには分が悪いと言わざるを得ない。イグニス将軍にも分かっているのだろう。後ろに跳《と》んでポールアクスの一撃《いちげき》を躱《かわ》す。ポールアクスが地面に突き刺《さ》さり――。

「颪よッ！」

ミノはポールアクスの力を解放した。緑色の光が波紋《はもん》のように広がり、衝撃波《しょうげきは》がイグニス将軍を吹《ふ》き飛ばす。並の相手であればこれで決着がつく。だが、イグニス将軍は並の相手ではない。真紅《しんく》にして破《は》壊《かい》を司《つかさど》る戦神《せんしん》の神威術士《しんいじゅつし》だ。それを物語るように赤い光が火の粉のようにイグニス将軍から放たれている。神威術・神衣《かむい》――防御力《ぼうぎょりょく》を飛躍的《ひやくてき》に向上させる術だ。衝撃波によるダメージはないと見ていいだろう。だが、チャンスであることは間《ま》違《ちが》いない。

ミノが、いや、ミノ、シロ、ハイイロの三人が追撃《ついげき》すべく足を踏《ふ》み出す。流石《さすが》に三人を相手取るのは荷が勝ちすぎる。イグニス将軍は足から着地し――。

「閃熱爆炎《せんねつばくえん》！　ゴッドハンドッ！」

神威術を使った。マントが翻《ひるがえ》り、赤い光が溢《あふ》れる。赤い光は巨大《きょだい》な手となり、ミノ、シロ、ハイイロを握り締めた。

「「「ぎゃーーッ！」」」

三人が悲鳴を上げ、イグニス将軍はさらに後方に跳躍《ちょうやく》した。戦いの趨勢《すうせい》を見守っていたシオン、フェイ、リオ、レオンハルトがイグニス将軍に駆け寄る。

「ナイトバズーカだッ！」

「「「「了解《りょうかい》ッ！」」」」

イグニス将軍が叫ぶと、シオン、フェイ、リオ、レオンハルトが大声で応じた。ナイトバズーカのパーツを取り出し、瞬《またた》く間《ま》に組み上げる。

「パワー充填《じゅうてん》！」

「イエローパワー充填しました！」

「ブラックパワー充填であります！」

「グリーンパワー充填！」

「ホワイトパワー充填！」

シオン、フェイ、リオ、レオンハルトが照明用マジックアイテムをナイトバズーカにセットすると、四色の光が立ち上った。

「「「レッド！」」」

「レッドパワー充填ッ！」

四人の叫びに応じ、イグニス将軍が照明用マジックアイテムをナイトバズーカにセットする。赤い光が立ち上り――。

「ナイトバズーカ！　ファイアッ！」

「「「ファイアッ！」」」

ナイトバズーカから五色の光が放たれ、赤い光に拘束《こうそく》されたミノ達を呑《の》み込んだ。

「「ぐひゃーッ！」」

火花が盛大《せいだい》に飛び散り、三人がばたりと倒《たお》れる。すると、村の子ども達が歓声《かんせい》を上げて駆け寄ってきた。

「イグニス将軍！　俺もイグニス将軍みたいになれるかな？」

「イグニス将軍ではない。レッドナイトだ」

少年が興奮した面持ちで言い、イグニス将軍は訂正《ていせい》しながら片膝《かたひざ》を突いた。

「なれるとも。皆《みんな》を守りたいという気持ちがあれば君もナイトレンジャーのメンバーだ」

「――ッ！」

ナイトレンジャーのメンバーとして認められたからか、少年は頬を紅潮させた。レッド、レッドと少年達がイグニス将軍に群がる。他のメンバーは――。

「ブラック！　どうすればブラックみたいに強くなれるの？」

「鍛錬《たんれん》あるのみであります！」

「グリーン！　私も空を飛びたいッ！」

「ナイトバズーカで力を使い過ぎちゃったからまた今度ね？」

「ホワイト様、これを受け取って下さい」

「ありがとう。馬車の中で食べさせてもらうよ」

イグニス将軍ほどではないが、フェイ、リオ、レオンハルトもそれなりに人気があるらしく子どもに囲まれている。残念ながら派手なアクションができないこともあってシオンはあまり人気がないようだ。とはいえ、全く認知《にんち》されていない訳ではないらしく、大きいお友達が物陰《ものかげ》から見ている。

シオンのために台本に手を加えた方がいいのではないか。そんな思いを抱《いだ》きながらクロノが建物の陰からイグニス将軍達を見ていると――。

「意外……」

道を挟《はさ》んだ反対側の建物の陰でアクアが小さく呟いた。

「何が意外なんですか？」

「イグニスに決まってるじゃない。あのクソ真面目――じゃなくて普段《ふだん》から眉間《みけん》に皺《しわ》を寄せてるイグニスが笑顔《えがお》で子ども達に接するなんて意外以外の何物でもないわ」

ふ～ん、とクロノは相槌《あいづち》を打った。どうやらイグニス将軍は付き合いの長そうなアクアからも真面目な人物と思われているようだ。

「貴方《あなた》は違《ちが》うの？」

「どうでしょう？」

アクアに問いかけられ、クロノは首を傾げた。いくらクソ真面目でも笑顔で子どもに接することくらいできるんじゃないかなと思う。

「どちらかといえばノリノリで演じていることの方が意外というか。何か、急にはっちゃけましたよね？」

「それもそうね」

アクアが神妙な面持ちで頷《うなず》いた次の瞬間《しゅんかん》、背後からジャリという音が響いた。小石を踏んだ音だろうか。振り返ると、禿頭《とくとう》の老人がこちらに近づいてくる所だった。クロノの前で立ち止まる。

「貴方が興行主様ですかな？」

「興行主？」

「あちらが興行主様でしたか？」

何を言っているのか分からずに首を傾げる。すると、禿頭の老人はアクアに視線を向けた。どうやら彼はクロノ達がお芝居の興行をしていると勘違《かんちが》いしているようだ。

「……いえ、私が興行主です」

「ああ、やはりそうでしたか。挨拶が遅れて申し訳ございません。儂《わし》はこの村の長《おさ》を務めておりますジョゼフと申します。本日はこのような寂《さび》れた村にお越《こ》し頂き、ありがとうございます」

少し悩《なや》んだ末に答えると、禿頭の老人――ジョゼフはぺこりと頭を下げた。

「申し訳ありませんが、この村には蓄《たくわ》えが――」

「いえいえ、お代は結構です。これは、そう、イグニス将軍が皆様《みなさま》を慰撫《いぶ》したいと考えて発案したことですから」

「イグニス将軍が⁉」

クロノの言葉にジョゼフはぎょっと目を剥いた。

「イグニス将軍はいつでも皆さんのことを考えていらっしゃいますよ？」

「あ、はい、それは分かっております」

クロノが微笑《ほほえ》みながら言うと、ジョゼフは口籠もりながら答えた。

「しかし、神威術をこのようなことに使ってバチは当たらないのでしょうか？」

「私も最初はそのように考えましたが、イグニス将軍達は六柱神《ろくちゅうしん》の加護を失っておりません。それこそが神意では？」

「失礼いたしました。老人の戯言《たわごと》と笑って下さい」

「いえ……」

クロノは小さく頭を振った。ジョゼフが再び頭を下げる。

「では、儂はこれで……」

「はい、次に来る時もよろしくお願いします」

「もちろんです」

そう言って、ジョゼフは踵《きびす》を返した。そのまま歩き出し、建物の陰に消える。上手《うま》く乗り切れたようだ。ホッと息を吐《つ》いたその時、視線を感じた。訝《いぶか》りながら道を挟んだ反対側の建物の陰を見る。すると、アクアが微妙《びみょう》な表情を浮かべていた。

「何でしょう？」

「よくもまあ、ぽんぽん嘘《うそ》を吐けるわね」

「嘘は一つだけですよ」

アクアが呆《あき》れたように言い、クロノは頬を掻《か》いた。突然、笑い声が響く。イグニス将軍達の声だ。建物の陰から様子を窺《うかが》う。すると、イグニス将軍達がこちらにやって来る所だった。子どもの夢を壊《こわ》さないようにという配慮《はいりょ》からか、皆マスクを着けたままだ。フェイがイグニス将軍に声を掛ける。

「レッド！　今日のレッドはすごかったでありますッ！」

「ありがとう、ブラック。ブラックも見事な殺陣《たて》だった」

「レッドに誉《ほ》められると照れるでありますね」

イグニス将軍が優《やさ》しい声で応じると、フェイは照れ臭《くさ》そうに頭を掻いた。ふふふ、とリオが笑い声を漏《も》らす。

「閃熱爆炎ゴッドハンドはよかったね」

「ありがとう、グリーン。どうすれば隻腕《せきわん》であることを上手く利用できるか考えて、それで思い付いたんだ」

「変われば変わるものだね」

「私も新しい技を考えた方がいいだろうか？」

リオが肩《かた》を竦《すく》め、レオンハルトがイグニス将軍に問いかける。

「ホワイトは今の路線を貫《つらぬ》いた方がいいと思うが？」

「そうかね？　では、レッドを信じてこの路線を貫くとしよう」

レオンハルトが胸を張ると、ふぅという音が響いた。シオンが溜息を吐いたのだ。

「イエロー、悩み事《ごと》か？」

「あ、はい、いえ……」

「悩み事があるのなら言ってくれ。俺達《おれたち》はチームだ」

シオンが口籠もると、イグニス将軍は安心させるように微笑んだ。

「実は人気のなさが気になっていて……」

「人気はあると思うが？」

「大きいお友達からの人気はちょっと……」

「そうか」

シオンが呻くように言うと、イグニス将軍は神妙に頷いた。

「やはり、活躍《かつやく》が少ないのが問題だと思う」

「そうですよね。神威術が使えれば……」

「神威術やマジックアイテムなしで映《は》えるアクションを一緒《いっしょ》に考えよう」

「いいんですか？」

「ああ、俺達はチームだ」

シオンがおずおずと尋ねると、イグニス将軍は力強く答えた。

「イグニス、お疲れ様《さま》」

「……」

アクアが声を掛けるが、イグニス将軍は無言だ。無言で目の前を通り過ぎ、アクアは慌《あわ》てて後を追った。やや遅《おく》れてクロノも続く。

「ちょっと、イグニス！」

「……」

アクアが怒《いか》りを滲《にじ》ませて言うと、イグニス将軍は立ち止まった。アクアに向き直る。

「俺はレッドナイトだ」

「俺？」

イグニス将軍の言葉に違和感《いわかん》を覚えたのだろう。アクアは小首を傾げ、ハッとしたように頭を振った。

「貴方はフォマルハウト家の当主で、私の同僚《どうりょう》イグニス・フォマルハウトでしょ？」

「いや、俺はレッドナイトだ」

「もう！　いつまで馬鹿なことを言ってるのよッ！　お芝居はおしまい！　そのマスクもとっとと外しちゃいなさいッ！」

「……」

アクアがマスクに手を伸ばすと、イグニス将軍は一歩後ろに下がって躱《かわ》した。再びアクアが手を伸ばすが、今度も結果は同じだ。

「どうして、避《よ》けるのよ？」

「避けてなどいない」

「いいからマスクを外しなさい！」

アクアが苛立ったように言い、マスクを巡《めぐ》る攻防《こうぼう》が繰《く》り広げられる。内容はアクアが手を伸ばし、イグニス将軍が躱すという単純なものだ。だが、流石は将軍というべきか恐るべきスピードだ。

「すさまじい攻防でありますね」

「見事な駆け引きの応酬《おうしゅう》だ。敵でなくてよかったと心から思うよ」

フェイが目を輝《かがや》かせながら言うと、レオンハルトが神妙な面持ちで頷いた。クロノには恐《おそ》るべきスピード以外の感想がないのだが、二人にとっては違うようだ。クロノ様はどう思うでありますか？　と話を振られたくないので距離《きょり》を取る。

「クロノ……」

「な、何かな？」

リオに声を掛けられ、クロノは上擦《うわず》った声で応じた。

「クロノ、声が上擦ってるよ？」

「き、気のせいじゃない？」

「攻防について聞くつもりはないから安心しておくれよ」

「そ、そう……」

クロノはホッと息を吐いた。

「どうして、イグニス将軍はマスクを外したがらないんだろうね？」

「ん～、レッドナイトになりきってるんじゃないかな？」

「それで、ああなるのかい？」

「イグニス将軍は真面目だから『こんな馬鹿なことはしたくない。だが、命令には従わねば……。私はどうすれば……』みたいな葛藤《かっとう》があったんだよ」

「なるほど、レッドナイトになりきることで葛藤を解消したんだね」

「そういうことだと思う」

リオの言葉にクロノは頷いた。それにしても――。

「いつまで続けるんだろ？」

「さあ？」

クロノがマスクを巡って争う二人を眺《なが》めて言うと、リオは肩を竦めた。

※

昼――幌馬車が大きく揺《ゆ》れ、流れていた景色が止まる。どうやらメラデに到着《とうちゃく》したようだ。視線を巡らせる。ミノ、シロ、ハイイロ、フェイは睡眠中《すいみんちゅう》、リオは嬉《うれ》しそうにクロノにしな垂れ掛かっていて、レオンハルトは台本を読んでいる。アクアは不機嫌《ふきげん》そうで、イグニス将軍は左手にマスクを持ち、憂鬱《ゆううつ》そうにしている。ちなみにシオンはナイトレンジャーの件が尾《お》を引いているのかしょんぼりとしている。
その姿を見ていると、ナイトレンジャーの台本に手を加えた方がいいのではないかという思いが強くなる。よし、視察が終わったら台本に手を加えよう。そんな決意を抱《いだ》いて視線を向けると、リオが体を起こした。

「また視察かい？」

「そうだよ。リオも来る？」

「もちろんさ」

リオが頷き、クロノは立ち上がった。幌馬車から飛び降りて背後に向き直ると、リオとイグニス将軍が立っていた。

「イグニス将軍も来るんですか？」

「無論だ」

イグニス将軍がムッとしたように答える。屋敷《やしき》に帰って休んだ方がいいんじゃないかと思ったが、口にはしない。

「どうぞ」

「ありがとう」

手を差し伸べる。すると、リオはクロノの手に触《ふ》れ、幌馬車から飛び降りた。リオが自身の腕《うで》をクロノのそれに絡《から》め、イグニス将軍が幌馬車から飛び降りる。

「出せッ！」

イグニス将軍が背後に向き直って叫ぶと、幌馬車が動き出した。やや遅れてクロノ達も歩き出す。城門を潜《くぐ》り、通りを進み、視線を巡らせる。先日、街を視察した時はイグニス将軍が街の住人から距離を置かれていると感じたものだが、今はその距離が縮まったように感じる。作戦は王室派を支援《しえん》するためのものだが、こういうポジティブな変化を目《ま》の当たりにすると誇らしい気分になる。

「好感度がアップしたみたいだね、レッド？」

「私をレッドと呼ぶな」

リオが茶化《ちゃか》すように言うと、イグニス将軍はムッとした様子で言い返した。それが面白《おもしろ》かったのだろう。リオがくすッと笑う。荷物を積んだ荷馬車が通り過ぎ、さらに進むと視界が開けた。広場に出たのだ。そこには沢山《たくさん》の樽《たる》や木箱《きばこ》が積まれている。随分《ずいぶん》と市場らしくなったものだと思う。

「エレインさんは？」

「あそこだよ」

視線を巡らせると、リオが広場の一角を指差した。そこには商人達に囲まれるエレインの姿があった。商売の調子について聞きたかったのだが、出直した方がいいだろうか。そんなことを考えていると、男が近づいてきた。赤銅色《しゃくどういろ》の肌《はだ》を持つ、禿頭の男だ。シルバートンに拠点《きょてん》を構える行商人組合《ぎょうしょうにんくみあい》の組合長トマスだ。

「これはクロ――」

トマスは途中《とちゅう》で口を噤《つぐ》んだ。クロノが手の平でイグニス将軍を指し示したからだ。すぐに意図を理解したのだろう。イグニス将軍に歩み寄り、ぺこりと頭を下げる。

「これはこれはイグニス将軍、ご機嫌麗《きげんうるわ》しゅう」

「……」

トマスが営業スマイルを浮《う》かべて挨拶《あいさつ》をするが、イグニス将軍は無言だ。社交辞令とはいえ、ご機嫌麗しゅうと挨拶されたのだ。もうちょっとご機嫌麗しくした方がいいのではないかと思う。

「行商人組合のトマスだったな？　景気はどうだ？」

「ぼちぼちという所ですね」

イグニス将軍の問いかけにトマスは営業スマイルを維持《いじ》したまま答えた。流石、ベテラン行商人だ。よくもまあ、イグニス将軍を相手に営業スマイルを維持できるものだと感心してしまう。

「ぼちぼちか」

「ええ、ぼちぼちです。私どもは……」

トマスは言葉を句切り、ちらりとエレインに視線を向けた。

「名前の通り、行商人の組合なので彼女《かのじょ》のように博打《ばくち》を打てんのです」

「同じ組合でも内実は違うということか」

「そういうことです。とはいえ、いつまでも後塵《こうじん》を拝するつもりはありませんが」

「そうか。何か希望があれば言ってくれ。できる限り便宜《べんぎ》を図る」

「ありがたく存じます。ですが、お屋敷の一角を商品の保管場所として提供して下さるだけで十分でございます」

「欲がないな」

「いえ、私にも欲はございます」

そう言って、トマスは肩越《かたご》しに背後を見た。視線の先では少年が木箱に座《すわ》っている。

「彼は？」

「息子《むすこ》のコールです。といっても血の繋《つな》がりはないんですが……、コールには立派な商人になって欲しいと思っています。いや、まあ、私なんぞが立派なんて言葉を使うのは烏滸《おこ》がましいこととは思いますが」

ぴしゃり、とトマスは自身の頭を叩《たた》いた。

「父親として当然の感情だと思うが……」

「ありがとうございます」

トマスは頭を下げ、歯を剥き出して笑った。先程《さきほど》までの営業スマイルとは違う。人の好さが滲む笑顔だ。

「ああ、商売に励《はげ》んでくれ」

「では、私はこれで……」

トマスはイグニス将軍とクロノに頭を下げると、木箱に座る少年――コールのもとに向かった。トマスと入れ替《か》わるようにエレインがやって来る。立ち止まり、最初にイグニス将軍に、次にクロノに頭を垂れる。

「イグニス将軍、お疲れ様です」

「そちらも大変そうだな」

「ええ、お陰様《かげさま》で」

エレインは胸に手を当て、艶然《えんぜん》と微笑んだ。

「景気はどうだ？」

「イグニス将軍が取引相手を紹介《しょうかい》して下さったお陰《かげ》で順調そのものです」

「阿漕《あこぎ》な真似《まね》はしてないですよね？」

「してないわよ！」

釘《くぎ》を刺す意味で尋《たず》ねると、エレインは声を荒《あら》らげ、ハッとしたようにイグニス将軍を見た。そして、取り繕《つくろ》うように笑う。これが素だったら愉快《ゆかい》なお姉さんなのだが――。

「景気がいい理由はそれだけですか？」

「貴方、分かってて聞いてるでしょ？」

「性分《しょうぶん》なんで」

エレインが苦虫を噛《か》み潰《つぶ》したような表情を浮かべ、クロノは軽く肩を竦めた。エレインが手を打ち鳴らし、にっこりと笑う。

「もちろん、情報料は頂けるのよね？」

「サービスして下さい」

「情報屋をただ働きさせるなんて、いい死に方しないわよ」

「僕は黄土神殿《しんでん》に多額の寄付をしているので、死後は天国で贅沢三昧《ぜいたくざんまい》ですよ。エレインさんはどうです？」

「死んだ後のことに興味はないわ」

ふん、とエレインは不愉快《ふゆかい》そうに鼻を鳴らした。

「で、どうなんです？」

「はいはい、分かったわよ。サービスしてあげる」

クロノが先を促《うなが》すと、エレインは根負けしたように言った。

「商人達《たち》から聞いた話なんだけど……」

「はい……」

エレインが神妙《しんみよう》な面持《おもも》ちで切り出し、クロノは小さく頷いた。これは商人から聞いた体で情報を伝えるということだろう。

「神聖アルゴ王国と自由都市国家群《じゆうとしこつかぐん》を繋ぐ街道に極悪《ごくあく》な盗賊団《とうぞくだん》が出るそうよ」

「極悪？」

クロノは思わず問い返した。おかしい。アリデッドとデネブには加減をするように伝えたのだが——。

「何でも幌馬車《ほろばしや》の幌まで強奪《ごうだつ》して行くんだとか」

「……」

何故《なぜ》、幌？　と思ったが、口にはしない。

「他に情報は？」

「そうねぇ。あとは下手に逆らうとパンツ一丁で街道に転がされるんだとか」

「パンツ一丁で……」

ごくり、と生唾《なまつば》を呑み込《こ》む。

「ああ、でも、パンツ一丁で転がされたのは神殿騎士《しんでんきし》だけらしいわ」

「そう、ですか」

上司として『まさか、あの二人に限って』と思うべきなのだろう。だが、嬉々《きき》として神殿騎士の身包《みぐる》みを剥《は》ぐ二人の姿が脳裏《のうり》を過《よぎ》ってしまう。

「大変ね？」

「ええ、本当に……」

エレインが面白がるように言い、クロノは呻いた。呻くしかない。

「じゃ、僕達はこれで……」

「ええ、またお屋敷で」

エレインに見送られ、クロノ達は広場を後にした。広場から離《はな》れ、口を開く。

「神殿騎士ってどんな人達ですか？」

「一言でいえば碌《ろく》でなしだ」

「やっぱり、そういう人達なんですね」

「ああ、自身と神殿を同一視している輩《やから》が多いから余計に質が悪い。辱めを受けたとなれば神殿の威光《いこう》が汚《けが》されたなどと言って報復に乗り出すだろう」

「ですよね、報復に乗り出しますよね」

クロノはがっくりと肩を落とした。無言で通りを進んでいると、リオがイグニス将軍に視線を向けた。

「神殿の意向を無視してということかな？」

「そこまで愚《おろ》かではないと信じたいが……」

リオの質問にイグニス将軍は眉間に皺を寄せながら答える。

「クロノ、アリデッド達と連絡《れんらく》は取れないのかい？」

「取れるけど……」

「何か問題でも？」

「うん、パンツ一丁にするのはやり過ぎにしても、いや、略奪《りやくだつ》を許可しておいて今更《いまさら》ヘイトを集めることを気にしてどうするんだって気はするんだけどさ。アリデッド達が商人を襲《おそ》おうとしたらどっちにしても神殿騎士は迎《むか》え撃《う》とうとすると思うんだよ」

「そりゃ、まあ、そうだろうね」

リオは考え込むような素振《そぶ》りを見せた後で頷いた。イグニス将軍に視線を向ける。

「パンツ一丁で転がすにせよ、転がさないにせよ、どっちにしろ恨《うら》まれますよね？」

「……ああ」

イグニス将軍はやや間を置いて頷き、訝《いぶか》しげな表情を浮かべた。

「何を考えている？」

「どうせ、恨まれるんならこのままでもいいかなって」

「お前というヤツは……」

イグニス将軍は左手で顔を覆《おお》い、呻《うめ》くように言った。

※

クロノはある店の前で立ち止まった。軒下《のきした》に木製の看板をぶら下げた店——神官《しんかん》さんが足繁《あししげ》く通っている酒場だ。リオが意地の悪い笑《え》みを浮かべる。

「おや、まだ日も高いのにお酒を飲むつもりかい？」

「いや、そうじゃなく」

「分かってる。神官さんがいないか確認《かくにん》するんだね？」

「うん……」

クロノは小さく頷き、イグニス将軍に視線を向けた。

「イグニス将軍はどうしますか？」

「私はここで待っている」

「……そうですか」

営業妨害《ぼうがい》になるんじゃ？　と思ったが、口にはしない。リオと一緒にスイングドアを通り抜《ぬ》けると、店内ではミレルがモップで床《ゆか》を磨《みが》いていた。よほど集中しているのか、なかなか気付かない。そこで咳払《せきばら》いをすると、ミレルはハッとしたように振《ふ》り返った。

「見て分からない？」

「神官さんは？」

クロノの質問にミレルはイラッとした様子で答えた。当然か。店内には人っ子一人いないのだから。

「誰《だれ》もいないね」

「そりゃ営業時間外だもの」

「それでやってけるの？」

「店長に聞いてよ」

やはり、ミレルはイラッとした様子で言い、掃除《そうじ》を再開した。

「景気はどう？」

「……かなり上向いてるわよ」

掃除をしているからだろう。ミレルはやや間を置いて答えた。ぐいっと腕を引かれ、リオに視線を向ける。

「クロノ、お邪魔《じやま》じゃないかな？」

「あと一つだけ」

「あと一つね」

リオが溜息《ためいき》交じりに言い、クロノはミレルに向き直った。

「神官さんはどう？」

「あの人はいつも変わらないわ。昼過ぎか夕方頃《ゆうがたごろ》に来て、ずーっと飲んだくれてる。まったく、働くのが馬鹿らしくなってくるわ」

ミレルがモップを握《にぎ》る手に力を込める。でも、と続ける。

「時々、面白い話をするのよね」

「ふ〜ん、どんな？」

「照れ臭いけど、愛についてとか」

ふふ、とミレルは笑う。

「あと、王様の話——といっても昔話ね、昔話」

「その話は聞いたことがないな」

「そ、じゃあ、あとで聞いてみれば？」

「うん、そうするよ」

行こうか？　とクロノはリオに視線を向け、店を出た。当然というべきか、店の外にはイグニス将軍がいた。

「早かったな」

「ええ、神官さんはまだ家にいるみたいで。ああ、そういえばミレルが言うには景気がかなり上向いてるそうです」

「……そうか」

イグニス将軍はやや間を置いて頷いた。

※

肩に軽い衝撃《しょうげき》が走る。突然《とつぜん》、リオが足を止めたのだ。

「どうかしたの？」

「誰かが——十中八九、フェイとレオンハルト殿だろうけど、戦っているみたいでね。思わず足を止めてしまったのさ」

「……そうなんだ」

クロノはやや間を置いて頷いた。正面に視線を向ける。フォマルハウト邸《てい》の正門は目と鼻の先だが、フェイとレオンハルトの姿は見えない。もちろん、リオを疑っている訳ではない。疑っている訳ではないのだが、突然バトル漫画《まんが》の登場人物のような台詞《せりふ》を口にされても反応に困る。そっとイグニス将軍の様子を窺う。イグニス将軍も何かを感じ取っているらしく神妙な面持ちでフォマルハウト邸の方を見つめている。

凡人《ぼんじん》は僕だけか、とクロノは溜息を吐いた。とはいえ、いつまでもボーッと突《つ》っ立っている訳にはいかない。シオンが活躍できるように台本に手を加えなければならない。今後の展開についても考えたい所だ。

「そろそろ、行かない？」

「ああ、うん、そうだね」

声を掛《か》けると、リオはクロノの腕を放した。腕を組んでいたらいざという時に動けないみたいなことを考えたのだろう、きっと。

リオが歩き出し、クロノはやや遅れて後を追った。さらに遅れてイグニス将軍がついてくる。リオに先導されて正門を潜り、手入れの行き届いていない庭園に出る。すると、フェイとレオンハルトが木剣《ぼっけん》を構えて対峙《たいじ》していた。二人ともいつになく真剣《しんけん》な表情を浮かべている。

クロノは息苦しさを覚えて首飾《くびかざ》りに手を伸《の》ばした。握り締《し》め、大きく呼吸する。それが切っ掛けになったのか、フェイが動いた。一足飛びに距離を詰《つ》め、木剣を突き出す。クロノならばこれで勝負がついただろう。だが、相手はレオンハルトだ。最小限の動き——わずかに足の位置を変え、体を傾《かたむ》けただけで突きを躱《かわ》す。そのまま反撃《はんげき》に転じるのかと思ったが、そうはならなかった。フェイが横薙《よこな》ぎの一撃《いちげき》を放ったのだ。

次の攻撃《こうげき》を警戒《けいかい》してか、レオンハルトは木剣で横薙ぎの一撃を受け止めた。さらに距離を詰めようとする。鍔《つば》迫り合いになれば体格差からフェイの不利は否《いな》めない。そんなことは百も承知なのだろう。フェイが木剣を上から押《お》さえ付けようとする。しかし、そうくると読んでいたのか、レオンハルトが木剣を振り上げる。均衡《きんこう》は一瞬《いっしゅん》。次の瞬間、フェイは木剣を弾《はじ》かれ、万歳《ばんざい》しているかのようなポーズを取らされていた。フェイにとっては致命《ちめい》的《てき》な隙《すき》、レオンハルトにとっては千載一遇《せんざいいちぐう》のチャンスだ。そのはずだった。

だが、攻撃を仕掛《しか》けたのはフェイだ。瞬《また》く間《ま》に体勢を立て直してレオンハルトに木剣を振り下ろす。レオンハルトが木剣で攻撃を受け、フェイが嵐《あらし》のように攻《せ》め立てる。クロノは二人の戦いを見ながら内心首を傾《かし》げる。致命的な隙を曝《さら》したのはフェイだ。にもかかわらずレオンハルトが防戦一方になっている。

これはどういうことか。そこまで考え、はたと気付く。木剣が弾かれたのはわざとではないかと。そう考えると、レオンハルトが防戦に追い込まれたのも納得《なっとく》できる。納得できるが、周回遅れでようやく理解できるとは情けない限りだ。

クロノが自身の不甲斐《ふがい》なさを噛み締めていると、ほぅという声が響《ひび》いた。リオが感嘆《かんたん》の声を上げたのだ。リオの隣《となり》に立ち、ちらりと視線を向ける。リオは真剣そのものの表情で二人の戦いを見ている。

「フェイはまた腕を上げたみたいだね」

「そうだね」

リオが二人の戦いを見ながら言い、クロノは相槌を打った。また腕を上げたみたいだねと言われても困る。フェイがどう腕を上げたのかなんて分からない。手合わせの時にものすごく手加減してもらっていたのにそのことに気付けず僕は強くなっているのかもと自惚《うぬぼ》れた自身の不明を恥《は》じるばかりだ。

「純粋《じゅんすい》な剣技《けんぎ》ではもう勝てないね」

「……そうですか」

クロノはやや間を置いて頷いた。『純粋な剣技では』という部分にリオのプライドを感じる。あまり強さに拘《こだわ》りがないタイプだと思っていたので意外だ。カンッ！　という音が響き、正面に向き直る。すると、レオンハルトが反撃に転じる所だった。前に出ながら攻撃を繰り出すが、どういう訳か掠《かす》りもしない。フェイがそれほど速く動いていないにも拘《かか》

わらずだ。クロノは指でこめかみを押さえた。フェイがのろのろと、レオンハルトが高速で動いているせいで脳がバグりそうだ。

「あれは……」

「あれはババアの動きだな」

リオがぽつりと呟《つぶや》き、いつの間にか隣にやって来ていたイグニス将軍が引き継《つ》ぐ。ああ、とクロノは声を上げた。言われてみれば神官さんの動きにそっくりだ。

「イグニス将軍は神官さんが戦っている所を見たことがあるんですか？」

「ない」

「それなのに、どうして動きを知っているんですか？」

「……」

神官さんの動きを知っている理由を尋ねるが、イグニス将軍は答えない。しばらくして小さく溜息を吐く。

「子どもの頃《ころ》、ババアに戦いを挑《いど》んだことがある」

「それはどうして？」

「漆黒神殿《しっこくしんでん》の大神官《だいしんかん》にもかかわらず朝から酒を飲んでいたからだ」

「なるほど、性根《しょうね》を叩き直《なお》してやろうとして返り討《う》ちにあったと」

「私は負けていない」

想像を口にすると、イグニス将軍はムッとしたように言った。南辺境にいるガウルを思わせる態度だ。元気にやってるかな～、と空を見上げる。ややあって、イグニス将軍が再び口を開く。

「勝ってもいないが……」

「それはどういう意味でしょう?」

「こちらが力尽《ちからつ》きるまで延々と攻撃を躱され続けた」

「よく力尽きるまで攻撃しましたね」

「まだ子どもだった」

素直《すなお》な感想を口にする。すると、イグニス将軍は目を細めた。きっと、当時のことを思い出しているのだろう。会話が途切《とぎ》れ、戦いに意識を集中する。庭園ではまだフェイとレオンハルトが戦っている。フェイがのろのろと、レオンハルトが高速で動く。やはり、見ていて脳がバグりそうになる。

う～ん、とクロノは唸《うな》った。レオンハルトの攻撃はフェイに掠りもしない。だから、フェイが優勢と見るべきなのだろう。だが、どうしてもフェイが勝つイメージが思《おも》い浮かばなかった。逆転されるのではないかと考えた次の瞬間《しゅんかん》、二人のスピードが一致《いっち》した。レオンハルトが木剣ごと体当たりし、フェイが尻餅《しりもち》をつく。すぐに立ち上がろうとするが、レオンハルトが木剣の切っ先を首元に突きつける方が速かった。

「私の勝ちのようだね？」

「私の負けであります」

フェイが敗北を宣言すると、レオンハルトは木剣を引き、手を差し伸べた。フェイが手を握り返し、そのまま引き起こす。

「レオンハルト殿と手合わせできて感無量であります」

「私の方こそ楽しませてもらったよ」

どちらからともなく手を放し、フェイがこちらを見る。

「クロノ様、お帰りなさいであります！」

フェイがぶんぶんと手を振りながらこちらにやって来る。

「私達の戦いはどうでありましたか？」

「いつも手加減してもらっていたのにそのことに気付けず申し訳ありません」

「どうして、いきなり謝罪するのでありますか？」

「割といい勝負ができるようになったと自惚れてました。すみません」

「クロノ様と手合わせする時はすごく真剣に戦っているでありますよ？」

「本当ですかぁ？」

「何かイラッとする口調でありますね」

クロノが聞き返すと、フェイはイラッとしたように言った。

「で、本当にすごく真剣に戦ってるの？」

「もちろんであります」

フェイが胸を張って言う。くいっと服の袖《そで》を引かれる。視線を向けると、リオが口元を綻《ほころ》ばせていた。

「よかったね？」

「う──」

「社交辞令か？」

リオが囁《ささや》くような声音《こわね》で言い、クロノは頷《うなず》こうとした。だが、できなかった。イグニス将軍が割って入ってきたのだ。

「ひどいこと──」

「レッド、社交辞令では──」

「私をレッドと呼ぶな！」

クロノの言葉をフェイが遮《さえぎ》り、フェイの言葉をイグニス将軍が遮る。玉突《たまつ》き事故のような遣《や》り取りに微妙《びみょう》な空気が流れる。微妙な空気を払拭《ふっしょく》しようとしてか、フェイがごほんと咳払いをする。

「クロノ様と手合わせをする時はすごく真剣であります。イグニス殿もご存じだと思うでありますが……」

「フェイ、寝《ね》た子を起こすような真似は止めて……」

フェイがちらりとイグニス将軍の右腕《みぎうで》──クロノが天枢神楽《てんすうかぐら》で吹《ふ》っ飛ばしたせいで存在しない──に視線を向け、クロノは小声で止める。

「クロノ様は、こう、実力自体は大したことはないでありますが、あれやこれやと策を弄《ろう》して実力差を埋《う》めようとしてくるのであります」

「悪かったね。大した実力じゃなくて……」

クロノはそっぽを向いてぼやいた。

「だから、クロノ様と戦う時は気が抜けないのであります」

「なるほど、クロノ殿に鍛《きた》えられたという訳だね？」

「それだけではないであります」

いつの間にかやって来たレオンハルトが問いかけると、フェイは小さく頭を振った。

「クロード殿──クロノ様の父上にも鍛えてもらっているであります」

「ほう、殺戮者《スローター》クロードに」

レオンハルトが感心したように声を上げる。

「これほどの人材が埋もれていたとは……。ところで――」

「ちょっと待った！」

クロノは嫌《いや》な予感がしてフェイとレオンハルトの間に割って入った。

「どうかしたのかね？」

「引き抜きは止《や》めて下さい！」

「引き抜きなんて考えていないとも」

「本当ですかぁ？」

「本当だとも」

フェイにイラッとすると訝された口調で尋ねるが、レオンハルトは気分を害した素振りも見せずに答えた。

「現状に不満がないか聞こうと思っただけだよ」

「それを引き抜きって言うんですよ！」

「クロノ殿、去就の自由は認められるべきではないかね？」

「引き抜く気満々じゃないですか！　このイケメンがッ！」

　レオンハルトが真顔で言い放ち、クロノは叫《さけ》んだ。

「ここまでフェイを育てるのにどれだけ苦労したと思ってるんですか⁉」

「そ、そんなにご迷惑《めいわく》をお掛けしたでありますか？」

「舞踏会《ぶとうかい》に行く時に盗賊に攫《さら》われそうになったことをお忘れですか？」

「あ、はい、その節は申し訳なかったであります」

　クロノが問い返すと、フェイはしょんぼりと俯《うつむ》いた。

「そんな苦労を知らずに引き抜きなんて神が許しても僕《ぼく》が許しません！」

「許さないって、どう許さないんだい？」

「……」

　リオに問いかけられ、クロノは無言でその場に跪《ひざまず》いた。

「呪《のろ》います」

「呪うんだ」

　リオが何処《どこ》か呆《あき》れたように言い、クロノは胸の前で手を組んだ。

「レオンハルト！　レオンハルト！　その名に災《わざわ》いあれッ！　エロイムエッサイム、エロイムエッサイム、我は求め訴《うった》えたり！」

　クロノが大声で叫ぶと、ガサガサという音が響いた。茂《しげ》みが揺れたのだ。フェイ、リオ、レオンハルト、イグニス将軍がハッとしたように茂みを見る。

「出でよ！　邪神《じゃしん》ッ！　いあ、いあ――」

「呼んだかの？」

「呼んでない！　帰れッ！」

神官さんが茂みからひょっこりと顔を出し、クロノは立ち上がって叫んだ。

「自分で呼び出しておいて何たる言い草！」

「本気で祈《いの》ったのに神官さんしか出てこないなんてがっかりです。おっぱいくらい揉《も》ませてもらわないと割に合いません」

「なに、しれっと乳を揉もうとしとるんじゃ、お主は」

「そんな破廉恥《はれんち》な格好をしておっぱいも揉ませてくれないなんて間違《まちが》ってますよ」

「ワシ的にはお主が間違っとると思うんじゃが……」

神官さんは頭痛を堪えるように指でこめかみを押さえた。

「で、どうでしょう？」

「ふ、構わん」

クロノが問いかけると、神官さんは胸を張って答えた。

「ババア……」

「まあ、待て。こやつはいざ乳を揉んでいいと言われると怖《お》じ気《け》づくヘタレと見た」

イグニス将軍が呻くように言うと、神官さんは勝ち誇《ほこ》るように言った。髪《かみ》を掻《か》き上げ、傲然《ごうぜん》と胸を張る。

「ふはは！　いくらでも乳を揉ませてやろう、ヘタレめがッ！」

「じゃ、遠慮《えんりょ》なく」

「ぎゃーッ！」

クロノが挑発《ちょうはつ》に乗っておっぱいにダイブすると、神官さんは悲鳴を上げた。何百年も生きてきた神人《しんじん》に相応《ふさわ》しくない色気のない悲鳴だった。ちなみに神官さんのおっぱいは柔《やわ》らかくてボリュームがあって寝入《ねい》ってしまいそうな心地《ここち》よさだった。

「ババア、鈍《にぶ》ったな」

「躊躇《ちゅうちょ》なく乳を揉もうとするなんて予測できる訳ないじゃろッ！」

イグニス将軍が嘲《あざけ》るように言うと、神官さんは悲鳴じみた声を上げた。

「神官さんの鉄壁《てっぺき》の防御《ぼうぎょ》を容易《たやす》く潜《くぐ》り抜けるとは流石《さすが》であります」

「数百年生きてもクロノみたいな人間には出会えないんだね」

「数百年に及《およ》ぶ経験の穴を突いたということか。なるほど、気が抜けないはずだ」

「遠巻きに見とらんで引き剥がすのを手伝わんか！」

　フェイ、リオ、レオンハルトが三者三様の感想を口にし、神官さんがクロノを引き剥がそうとしながら叫ぶ。

「いい加減に離れんか！　ちゅうか、何気にすごい力じゃのッ！」

「神官さんが手加減してるからそう感じるんですよ。下手に力を込めて殺してしまったという躊躇《ためら》いが伝わってきます」

　ふふふ、とクロノは笑った。とはいえ、いつまでもこうしている訳にはいかない。神官さんがいくら注意していても事故が起きる確率をゼロにすることはできない。そして、確率がゼロでない以上、事故はいつか起きるのだ。神官さんから離れる。

「堪能《たんのう》させて頂きました」

「お主みたいなヤツは数百年生きていて初めてじゃ」

「いや～、照れますね」

「誉《ほ》めとらん！」

　クロノが頭を掻くと、神官さんは声を荒らげた。さてと、とレオンハルトに向き直る。

「という訳でやっちゃって下さい」

「お主、あれだけのことをやった後でまだワシに命令できると思うておるのか？」

「駄目《だめ》ですか？」

「駄目じゃ！」

神官さんがぴしゃりと言い、レオンハルトがホッと息を吐《つ》く。

「おや、さしものレオンハルト殿も神官さんにはお手上げかい？」

「並の邪神なら斬《き》り伏《ふ》せる自信があるがね。神官さんは並ではないよ」

リオが茶化《ちゃか》すように言うと、レオンハルトは軽く肩《かた》を竦《すく》めた。並の邪神って何だろうと思わないでもない。

「並ではないと言うと、何レオンハルトくらいですか？」

「何レオンハルト？」

クロノが興味本位で尋ねると、レオンハルトは首を傾げた。

「レオンハルトは強さの単位です。レオンハルト殿一人の強さを一レオンハルトとして計算します」

「ふむ、私一人で一レオンハルトか」

レオンハルトは思案するように腕《うで》を組んだ。しばらくして口を開く。

「最低でも百レオンハルトだね」

「現実的な数字じゃないですね」

敵に回られたら打つ手なしってことか、とクロノは神官さんを眺《なが》めた。

「ふ、見直したか？」

「ええ、まあ……。ところで、神官さん？」

「何じゃ？」

「神殿を寄贈《きぞう》したら身を委ねてもいいっていうのは本当ですか？」

「お？　ようやくワシの魅力《みりょく》に気付いたか」

「ババア、嬉《うれ》しそうだな」

神官さんが胸を強調するように腕を組み、イグニス将軍がぼそっと突っ込む。神官さんがイグニス将軍に視線を向ける。

「むふ、ワシを取られるのではと危機感を持ったな？」

「さっき『ギャーッ！』と叫んでいただろうに」

「それはそれ、これはこれじゃ。それに、ワシも女じゃからな。神殿を貢《みつ》ぐと言われて悪い気はせんわい」

「貢ぐと寄贈は別物だ」

「同じことじゃ」

イグニス将軍が訂正《ていせい》するが、神官さんは歯牙《しが》にもかけずクロノに向き直った。

「うむ、神殿を寄贈してくれたら身を委ねてやってもよいぞ」

「そうですか」

「クロノ、買春は感心しないよ」

神官さんが鷹揚《おうよう》に頷き、クロノは胸を撫《な》で下ろした。直後、リオに肩を叩《たた》かれる。

「いや、そうではなく」

「なら、どういうことだい？」

手を左右に振って否定すると、リオは小首を傾げた。不思議そうにと形容すべきなのだろうが、睨《ね》め付けられているようでちょっと怖《こわ》い。

「神殿一つで百レオンハルトある神官さんを味方にできるなら安いかなって」

「ああ、そういうことか」

リオは合点《がてん》がいったとばかりに頷いた。

「女としての評価ではないな」

「言われなくとも分かっとるわい」

イグニス将軍が鼻で笑い、神官さんはそっぽを向いた。ちょっとくらい夢を見てもいいじゃろうが、と拗《す》ねたように唇《くちびる》を尖《とが》らせる。

「レオンハルト殿、引き抜きの件でありますが……」

「引き抜きではなく、待遇面《たいぐうめん》に不満がないかという話だがね」

フェイがおずおずと口を開き、レオンハルトが肩を竦める。どうやらレオンハルトとは一度決着を付けなければならないようだ。そう考えて足を踏《ふ》み出した次の瞬間、リオに肩を掴《つか》まれた。

「もう少しフェイのことを信じておやりよ」

「でも――」

「信じてあげるのもクロノの仕事だよ」

「ぐぅ……」

リオに窘《たしな》められ、クロノは呻いた。

「私の夢はレオンハルト殿と轡《くつわ》を並べて戦うことだったでありますが……」

「……」

フェイがごにょごにょと言うが、レオンハルトは黙《だま》って聞いている。

「引き抜きの件は謹《つつし》んでお断りするであります」

「そうか。残念だよ」

「申し訳ないであります。これでも、クロノ様に愛と忠誠を誓《ちか》った身でありますので、浮《うわ》気《き》はよくないであります」

フェイが深々と頭を下げ、クロノは胸を撫で下ろした。だが、何故だろう。罪悪感で胸が痛んだ。

※

夕方――。

「困った。シオンさんを活躍《かつやく》させる方法が全く思い付かない」

クロノは羽根ペンを置き、頭を抱《かか》えた。ナイトレンジャーの台本はシンプルだ。敵役《てきやく》が村人を襲い、ナイトレンジャーが助けに入る。それだけの話だ。本物の戦隊ものならドラマパートで活躍させられるが、ナイトレンジャーにはそんなものない。アクションが全てなのだ。必然、シオンの活躍は限定される。

「とにかく人気が欲《ほ》しいって訳じゃないからお色気路線は無理だし、下手に路線変更《へんこう》して既存《きそん》のファンが離れたらイグニス将軍に文句を言われそうだし、マジックアイテムで身体能力は底上げできないし……」

クロノはイスの背もたれに寄り掛かって溜息を吐いた。参った。完全に手詰《てづ》まりだ。どうすればと思案を巡《めぐ》らせるが、シオンを活躍させるアイディアは出てこない。ぼんやりと天井《てんじょう》を眺め――。

「よし！　散歩に行こうッ！」

勢いよく立ち上がる。散歩に行っていいアイディアを思い付くとは限らないが、気分転《てん》換《かん》にはなる。部屋を出て、廊下《ろうか》を進み、途中《とちゅう》で足を止める。ドタバタという音が聞こえたのだ。そこはフェイの部屋の前だった。ナイトレンジャーの練習かな？　と首を傾げる。

すると——。

『天が呼ぶ、地が呼ぶ、人が呼ぶ！　悪を倒《たお》せと私を呼ぶでありますッ！』

扉《とびら》の向こうからフェイの声が響いた。思った通り、ナイトレンジャーの練習をしているようだ。労《ねぎら》いの言葉を掛けたいが、邪魔をしては悪いと再び歩き出す。階段を下りて、玄《げん》関《かん》から外に出ると、何処かで嗅《か》いだことのある匂《にお》いが鼻《び》腔《こう》を刺《し》激《げき》した。

「肉の匂い？」

何の肉だっけ？　と首を傾げながら匂いを辿《たど》る。しばらくして開けた場所に出る。そこではミノ、シロ、ハイイロ、シオンの四人が携帯用竈《けいたいようかまど》とその上に置かれた寸胴鍋《ずんどうなべ》を囲んでいた。ミノ、シロ、ハイイロの三人がこちらを見て、かなり遅《おく》れてシオンが続く。

「大将、匂いにつられてきたんですかい？」

「最初は散歩のつもりだったんだけどね」

ミノの問いかけにクロノは苦笑《くしょう》しながら応じた。

「くせのある匂いだけど、何の肉？」

「羊、肉」

クロノが寸胴鍋を見ながら尋《たず》ねると、シロとハイイロが答えた。

「ああ、道理で嗅いだことがあると思った」

「大将は羊の肉を食ったことがあるんで？」

「一回だけね」

元の世界にいた頃、家族旅行で北海道に行き、そこでジンギスカンを食べたのだ。

「でも、なんで羊肉の料理を？」

「ギャリソンさんやアクアさんに聞いたんですが……」

クロノが疑問を口にすると、シオンがおずおずと口を開いた。

「神聖アルゴ王国では羊を食べることの方が多いそうなんです。だから、馴染《なじ》みのある食材を使った方が炊《た》き出しに集まってきてもらえるんじゃないかと思ったんです」

「なるほど、炊き出しに備えて料理の練習をしてたんだ？」

「あ、そうですそうです」

クロノがポンと手を打ち鳴らすと、シオンはこくこくと頷いた。不意に黙り込《こ》み――。

「ナイトレンジャーではお役に立てないので……」

「ぐッ……」

シオンが申し訳なさそうに言い、クロノは呻いた。マズい。このままではシオンをどう活躍させるか悩《なや》んでいることに話が及びかねない。クロノが悩んでいると知ればシオンはますます落ち込んでしまうに違《ちが》いない。話題を変えなければ。

「と、ところで……」

クロノは上擦《うわず》った声で話題転換を図《はか》り、寸胴鍋を覗《のぞ》き込んだ。やや濁《にご》っているものの、大きくカットした肉や野菜が見える。どうやらスープのようだ。

「このスープはどうするの？」

「夕食でお出ししようと思ってます」

「大丈夫《だいじょうぶ》かな？」

「大丈夫と言うと？」

クロノが腕を組んで言うと、シオンが問い返してきた。

「羊の肉って匂いがあるからさ。皆《みんな》、大丈夫かなって」

「安心して下さい。ちゃんと手は打ってあります」

シオンはドンと胸を叩いた。よかった。どうやら話題を変えられたようだ。

「どんな手？」

「それは――」

「お待たせ」

シオンの言葉は背後から響いた声によって遮られた。振り返ると、アクアがこちらにやって来る所だった。手に何か持っている。

「草？」

「ハーブよ！」

クロノが体を傾けて言うと、アクアは声を荒《あら》らげた。

「アクアさん、ありがとうございます」

「お疲《つか》れ様《さま》で。それにしても時間が掛かりやしたね？」

シオンがぺこりと頭を下げ、ミノが疑問を口にする。すると、アクアはこれ以上ないくらい深々と溜息を吐いた。

「本当に時間が掛かったわ。厨房《ちゅうぼう》には置いてないし、庭園にも生えてないし」

「やはり、草では？」

「だから、ハーブよ！　ローズマリーッ！」

クロノが自身の懸念《けねん》を口にすると、アクアは再び声を荒らげた。つかつかと歩み寄り、こちらを見る。そして――。

「神よ……」

囁くような声音で神に祈りを捧《ささ》げる。すると、虚空《こくう》に水の塊《かたまり》が現れた。まるで無重力下のようにぷかぷかと浮《う》かんでいる。ローズマリーを水で洗い、寸胴鍋に投《な》げ込む。

「ちゃんと洗ったわよ？」

「神威術が使えるんですね」

「自己紹介《じこしょうかい》の時に神威術士だって言ったじゃない」

「ちょっとした傷を治せる程度と言っていたので」

「そうだけど……、これでも将軍職を任される程度の実力はあるのよ？」

「そうですか」

ふむ、とクロノは腕を組んだ。シオンを活躍させるアイディアは思い付かないが——。

「梃子《てこ》入れに使えるな」

「——ッ！」

クロノがぼそっと呟くと、アクアはぶるりと身を震《ふる》わせた。

※

夜――クロノが食堂に入ると、皆が席に着いていた。上座にイグニス将軍、奥《おく》の席に神官さん、エレイン、シオン、アクア、手前の席にリオ、レオンハルト、フェイ、ミノ、シロ、ハイイロが座《すわ》っている。ちなみにテーブルの上にはまだ料理が並んでいない。クロノは自分の席にどっかりと腰《こし》を下ろした。

「遅《おそ》いのぅ。待ちくたびれたわい」

「仕事をしてたんですよ」

クロノが神官さんに溜息《ためいき》交じりに返すと、リオがこちらを見た。

「お疲れ様」

「ありがとう。リオの優《やさ》しさが心に沁《し》みるな～。それに比べて……」

「優しくなくて悪かったの」

ふん、と神官さんはそっぽを向いた。ふとミレルのことを思い出す。

「神官さん？」

「何じゃい！」

呼びかけると、神官さんは睨《にら》み付けてきた。

「酒場のミレルが誉めてましたよ」

「ほ……、いや、その手には乗らん」

神官さんは感嘆の声を上げかけ、頭を振《ふ》った。

「どうせ、何かオチがつくんじゃろ？　お主の手は読めとる」

「読み間違えておっぱいを揉まれたくせによく言いますね」

クロノが言い返すと、ガタッという音が響いた。神官さんではない。シオンとアクアが驚《おどろ》いたようにこちらを見ている。

「貴方《あなた》、神人に何をしてるのよ」

「『いくらでも乳を揉ませてやろう』と言われたから揉んだんです」

「だからって――」

「アクアさんの仰《おつしや》りたいことは分かります。ですが、よく考えて下さい」

「何をよ？」

クロノが言葉を遮って言うと、アクアは困惑《こんわく》しているかのように眉根《まゆね》を寄せた。

「普通《ふつう》、『いくらでも乳を揉ませてやろう』なんて言いませんよ」

「そりゃ、まあ、そうだけど……」

「ですよね⁉　普通は言わないんですよ！　むしろ、揉んでいいと言われたのに責められる僕の方が被害者《ひがいしや》じゃないですか！」

アクアが口籠《くちご》もり、クロノはここぞとばかりに捲《まく》し立てた。すると、再びガタッという音が響いた。今度こそ神官さんだ。

「おぬ、お主！　ワシの乳を揉んだ挙げ句、被害者ぶるつもりか⁉」

「被害者ぶるつもりはありませんが、神官さんがおっぱいを揉んだことを責めるのならば出る所に出る覚悟《かくご》です」

「ぐッ、イグニス」

「犬に噛《か》まれたと思って諦《あきら》めろ」

神官さんが助けを求めて視線を向けるが、イグニス将軍は取り合わなかった。ぐぅ、と神官さんは呻《うめ》き、クロノを見た。

「で、ミレルは何と言っとったんじゃ？」

「『時々、面白《おもしろ》い話をする』って言ってました」

「しっかりオチが付いとるではないか」

神官さんは呻くように言って拳《こぶし》を握《にぎ》り締《し》めた。

「王様の話が面白かったって言ってましたけど、どんな話なんですか？」

「王様？　ああ、世界の果てを見るために塔《とう》を作った王様の話じゃな」

「なるほど、世界の果てを見ることはできたけど、足下《あしもと》が見えなくなってしまったというオチですね？　分かります」

「なんで、いきなりオチを言うんじゃ」

そう言って、神官さんはテーブルに突《つ》っ伏《ぷ》した。

「ババア、行儀《ぎょうぎ》が悪いぞ」

「じゃってぇ～、いきなりオチを言うんじゃもん。ワシ、やる気なくした～」

イグニス将軍が注意すると、神官さんは体を起こしてイスの背もたれに寄り掛《か》かった。

「王様のモチーフは神官さんですよね？　塔は大神官の地位で、足下は本当にやりたかったこと――人と話したり、手を差し伸《の》べたりの暗喩《あんゆ》と」

「それだけの洞察力《どうさつりょく》をどうしてワシをからかうことに使うんじゃ？」

「そんなこと言って、楽しんでますよね？」

「まあ、の」

神官さんはイスの背もたれに寄り掛かったまま溜息を吐くように答えた。会話が途切れ、ミノが口を開く。

「そういや、あれからずっと部屋に籠《こ》もっていやしたが、何の仕事をしていたんで？」

「ぐッ……」

クロノは呻いた。ちらりと視線を向けると、シオンと目が合った。きょとんとしているので誤魔化《ごまか》せそうだが、問題を先送りにすればするほど拗《こじ》れそうな気がした。

「シオンさんが活躍できるようにナイトレンジャーの台本に手を加えようとしてたんだけど、どうしてもアイディアが出ず、つきましては皆様《みなさま》のお知恵《ちえ》を拝借したく……」

「それはお前の仕事だろう?」

「それはそうですけど……」

イグニス将軍に突き放《はな》され、クロノは口籠もった。

「シオンさんに一緒《いっしょ》に考えようって言ってたじゃないですか」

「ぐッ……」

クロノが朝の出来事を口にすると、イグニス将軍は苦しげに呻いた。シオンがおずおずと口を開く。

「あの、気持ちは嬉しいんですけど、そこまで無理して考えて頂かなくても……、そもそも私は運動神経がよくないので……」

「申し訳ない」

「いえ！　本当に、気持ちだけで胸が一杯《いっぱい》です」

クロノとイグニス将軍が同時に頭を下げると、シオンは胸に手を当てて言った。言葉とは裏腹に悲しげな表情だ。沈黙《ちんもく》が舞《ま》い降《お》りる。気まずい沈黙だ。話題を変えなければ。この雰囲気《ふんいき》に耐《た》えられそうにない。どうすればと自問したその時、独特な匂いが鼻腔を刺激した。羊肉の匂いだ。これだ！　とイグニス将軍に視線を向ける。

「炊き出しの件はどうなってます？」

「隣《となり》の──アヴィオール領の領主と交渉中《こうしょうちゅう》だ」

「大丈夫なの？」

クロノの質問にイグニス将軍が答える。すると、アクアが気遣《きづか》わしげに声を掛けてきた。

「何がだ？」

「アヴィオール領は純白神殿《しんでん》の影響《えいきょう》が強いでしょ？　いきなりそこに切り込んでいくのは悪手じゃないかしら？」

「そうでもないみたいよ」

え？　とアクアがエレインに視線を向ける。

「先の戦争の件もあってアヴィオール領では生活困窮者《こんきゅうしゃ》が増えているみたいなのよ。流れ者も増えているそうだし」

「アヴィオール領は戦争の影響が殆《ほとん》どなかったと思うけど……」

「徴兵《ちょうへい》の影響だな」

エレインの言葉にアクアが訝《いぶか》しげに眉根を寄せ、イグニス将軍がぼそりと呟《つぶや》く。

「六千人も農民を集めて兵士に仕立てたんだもの。食料の価格は上がるし、流れ者だって増えるわ」

「――ッ！」

エレインが溜息交じりに言うと、アクアは息を呑《の》んだ。当然か。一介《いっかい》の商人が王国軍の内情を知っていたのだ。驚くなという方が無茶《むちゃ》だ。

「イグニス？」

「私は何も言っていない」

イグニス将軍が情報を漏《も》らしたと考えたのだろう。アクアが非難がましい視線を向けるが、当然というべきかイグニス将軍は首を横に振った。

「エレインさん、不和の種を蒔《ま》かないで下さい」

「ただで情報を提供したのに責められるなんて嫌な世の中ね」

エレインは顔を背《そむ》け、ふっと笑った。

「でも、本当に大丈夫なのかしら？」

「そのための交渉だ」

アクアは心配そうにしているが、イグニス将軍は気にしていないようだ。それに、と神官さんの方を見る。

「いざという時はババアを連れて行けば何とかなる」

「何じゃと⁉」

「酒ばかり飲んでないで働け」

「あれは仕事じゃし！　ちゅうか、どうしてワシが矢面《やおもて》に立たねばならんッ！」

「という訳でナイトレンジャーの活動を少し控《ひか》えたいのだが……」

「――ッ！」

神官さんが声を荒らげるが、イグニス将軍は無視して言った。息を呑む音が響《ひび》く。音のした方を見ると、フェイが驚いたようにイグニス将軍を見ていた。

「レッド――」

「私をレッドと呼ぶな」

「イグニス殿……」

イグニス将軍が言葉を遮って言うと、フェイは言い直した。

「ナイトレンジャーを辞《や》めるつもりでありますか？」

「そういう訳ではないが、仕事が……」

そう言って、イグニス将軍は視線を逸《そ》らした。

「クロノ様、引き止めて欲しいであります」

「僕も引き止めたいけど……」

うーん、とクロノは唸《うな》った。フェイには悪いが、ナイトレンジャーをやると最低でも半日拘束《こうそく》される。領主の仕事が増えれば手が回らなくなるのは自明の理だ。流石に領主の仕事を疎《おろそ》かにする訳にはいかない。フェイにもそれが分かっているのだろう。がっくりと肩を落とす。

「ナイトレンジャーは解散でありますか」

「一応、継続《けいぞく》するアイディアはあるよ」

「どんなアイディアでありますか⁉」

「……」

大声で問いかけられ、クロノはアクアに視線を向けた。

「な、何よ？」

「アクアさん、リーダー交代《こうたい》です。新リーダーとして――」

「嫌！　絶対に嫌ッ！」

アクアはクロノの言葉を遮《さえぎ》って言った。

「そんなに嫌がらなくても……」

「あんな恥《は》ずかしい真似《まね》できる訳ないじゃないッ！」

アクアは大声で叫び、ハッとしたように周囲を見回した。ここにいるのは恥ずかしい真似をしている人ばかりだ。再び沈黙が舞い降りる。本当に気まずい沈黙だ。レオンハルトが無言で手を挙げる。

「クロノ殿？」

「何でしょう？」

「リーダー交代は有りなのかね？」

「……有りですね」

クロノはやや間を置いて答えた。元の世界でネットサーフィンをして得た知識だが、昔の戦隊ものではリーダーやメンバーの交代があったらしい。バッタをモチーフにしたヒーローものでも主役を務める俳優が撮影中《さつえいちゅう》に重傷を負い、その穴を埋《う》める形で二号を登場させたという撮影秘話がある。

「そんなに嫌ですか？」

「……」

改めて問いかけるが、アクアは答えない。無言でそっぽを向いている。クロノは溜息を吐き、懐《ふところ》から紙を取り出した。興味を持ったのか、リオが覗き込んでくる。

「クロノ？」

「梃子《てこ》入れ案一です」

どうぞ、とクロノはイグニス将軍に紙を差し出した。イグニス将軍は訝しげな表情で紙を受け取り、そこに描《えが》かれたイラストを見て顔を顰《しか》めた。

「隣の方――神官さんにどうぞ」

「……」

クロノが促《うなが》すと、イグニス将軍は紙を神官さんに渡《わた》した。神官さんからエレイン、エレインからシオンと紙が移動していく。ちなみに紙を見た時、神官さんは破顔し、エレインは鼻で笑い、シオンは顔を赤らめた。

アクアがシオンから紙を受け取り、視線を落とす。そして――。

「変態ッ！」

「アウチ！」

アクアは紙を握り潰《つぶ》して投げつけてきた。紙なので痛くはないが、ノリで声を上げる。

「な、何てものを見せるのよ！　まさか……」

「そのまさかです。新リーダーになるのが嫌《いや》ならば……」

「嫌ならば？」

「……」

アクアが鸚鵡《おうむ》返しに問いかけてくるが、すぐには答えない。沈黙が舞い降りる。息が詰まるような沈黙だ。無言で手を組むと、アクアは体を震わせた。静かに口を開く。

「悪の女幹部になってもらいます」

「嫌！　死んでも嫌ッ！　こんな格好をしたらお嫁《よめ》に行けなくなっちゃうッ！　ちょっと、イグニス！　イグニスからも何か言ってよ！」

アクアは頭を振り、イグニス将軍に助けを求めた。クロノは手を組んだままイグニス将軍に視線を向ける。

「イグニス将軍、ナイトレンジャーは帝国《ていこく》の正式な作戦です。少なくとも僕《ぼく》はそう思ってますし、アルコル宰相《さいしょう》もそう思ってます。マグナス国王も同じ認識《にんしき》でよろしいですね？」

「………ああ」

「イグニス……」

イグニス将軍がかなり間を置いて答えると、アクアは今にも泣きそうな声で言った。

「つまり、僕の命令は国王陛下の命令ってことですよ。どうしますか？」

「ぐッ……」

クロノの問いかけにアクアは声を詰《つ》まらせた。

「どうしますか？」

「……わ」

改めて尋ねると、アクアはごにょごにょと答えた。

「は⁉　聞こえませんね」

「新リーダーになるって言ったのよ！」

「聞こえませんね。もっと丁寧《ていねい》な言葉《ことば》遣《づか》いでお願いします」

「――――ッ！」

アクアが睨み付けてくる。憎《にく》しみで人を殺せたらという気持ちが伝わってくる。

「……やります」

「もっと大きな声で」

「やります！　新リーダーをやらせて下さいッ！」

「ふははッ、女の心変わりは恐《おそ》ろしいのぅ！」

アクアが自棄《やけ》になったように叫《さけ》び、クロノは哄笑《こうしょう》した。

※

翌昼――。
「ぶもーーッ！」

「ぐわぁぁぁであります ッ！」

ミノが裂帛《れっぱく》の気合いと共にポールアクスを振り下ろすと、フェイが吹《ふ》き飛んだ。地面をごろごろと転がり、動きを止める。

「「「ブラック！」」」

「だ、大丈夫であります」

シオン、リオ、レオンハルトの三人が駆《か》け寄り、フェイは体を起こした。

「げははッ！　このままポールアクスの錆《さび》にしてくれるッ！」

「「「ナイトレンジャーーッ！」」」

ミノがポールアクスを振り回すと、村の子ども達《たち》が叫んだ。このままではナイトレンジャーがやられてしまう。そんな不安が伝わってくる。そこに――。

「ウォーターー・キャノンッ！」

「――ッ！」

凛《りん》とした声が響き、飛来した水の塊がミノを直撃《ちょくげき》する。ミノはポールアクスを振り回すのを止め、民家の屋根を見上げた。そこにはマスクを着けたアクアが立っている。

「何者だ！」

「わ……」

ミノが鋭《するど》く叫ぶが、アクアは答えない。照れが入ってしまったのだ。クロノは建物の陰《かげ》に身を隠《かく》し、通信用マジックアイテムを取り出した。

「アクアさん、悪の女幹部をやりたいんですか？」

『「分かってるわよ！」』

アクアの声が二重で響く。クロノは溜息を吐き、建物の陰から様子を窺《うかが》った。

「私は水の騎士《きし》！　ブルーナイトッ！　六人目のナイトレンジャーよッ！　とぉッ！　ナイトブレードッ！」

アクアは捲し立てるように言うと屋根から飛び降り、自棄っぱち気味にナイトブレードを握り締め、ミノに襲《おそ》い掛かった。

※

深夜――アルブスが扉を開けると、ルーフス、ウィリディス、フラウムの三人が円卓《えんたく》に座していた。レウムの姿はない。やれやれと溜息を吐き、自身の席に座る。しばらくして扉が開いた。当然、扉を開けたのはレウムだ。荒々《あらあら》しい足取りでやって来て、どっかりとイスに腰を下ろす。

最近、神聖アルゴ王国と自由都市国家群を繋《つな》ぐ街道に盗賊《とうぞく》が出没《しゅつぼつ》し、少なくない被害《ひがい》を出している。そのせいで街道を行き来する商人が減り、通行税を取れなくなった領主から突き上げを喰《く》らっているのだろう。強引《ごういん》に寄付金を集めるからそうなる。そういえば神殿《しんでん》騎士《きし》を護衛として雇《やと》わせることを決めたのもレウムだった。自業自得《じごうじとく》だと思ったが、もちろん口にはしない。その代わりに——。

「どうかなさったんですか？」

「盗賊が街道を荒《あ》らし回っとるんだ。機嫌《きげん》も悪くなる」

不機嫌《ふきげん》な理由を尋ねる。すると、レウムは苛立《いらだ》った様子で返してきた。

「まさか、知らなかったとは言わんだろうな？」

「それこそ、まさかです。私の部下も被害に遭《あ》っているのです。知らない訳がありません」

「陛下はこのことを？」

「登城する機会があり、その時に申し上げました」

「ならば、どうして討伐隊《とうばつたい》を出さん！」

レウムが円卓を叩く。だが、それくらいで驚くような人間はここにはいない。

「落ち着いて下さい」

「う、うむ、すまんかった。少々、気が立っていたようだ。それで、陛下は何と？」

「部隊を再編しているため兵は出せないと」

「──ッ！」

怒《いか》りからか、レウムの顔が赤く染まる。だが、怒鳴《どな》るようなことはなかった。

「恐らく、イグニス将軍を復帰させるための手でしょう」

「将軍ならば他にもいるではないか」

「しかし、確実にとはいきません」

イグニス将軍でも確実に盗賊を討伐できるとは限らない。だが、実力の劣《おと》る将軍を使って失敗すれば王国の権威《けんい》は失墜《しっつい》する。ルーフスがおずおずと口を開く。

「この騒《さわ》ぎも帝国の──支援《しえん》の一環《いっかん》なのではないでしょうか？」

「盗賊団に関する情報は入ってきておらん」

ルーフスの問いかけにレウムがムッとしたように答え、アルブスは息を吐《は》いた。簡単に情報を入手できるとは思っていなかったが、思っていたよりも脇《わき》が固いようだ。

「この騒ぎが支援の一環だとしたら我々の財政にダメージを与《あた》えるつもりなのでは？」

「仮にそうだとしても影響は一時的──盗賊が討伐されれば元《もと》に戻るはずです」

「元に戻るのでしょうか？　イグニス将軍が立てた市──卸売市場《おろしうりしじょう》で取引するために治める税は少額と聞きます。旨《うま》みを知った商人が戻ってくるとは思えないのですが……」

ウィリディスが自身の考えを口にし、フラウムが反論する。すると、ルーフスがぽつりと自身の懸念を口にした。

「そのことは私も考えましたが、我々が通行税を下げるように働きかければ商人達は戻ってくると思いますよ？」

「そうだといいのですが……」

アルブスが解決策を口にしてもルーフスの表情は晴れない。不安が伝染《でんせん》したかのようにウィリディスとフラウムが表情を曇《くも》らせる。気持ちは分かる。こんな簡単に解決策を思い付いていいのか、何か重大なことを見落としているのではないか、と不安になっているのだ。そんな中でレウムは苦虫を噛み潰したような表情を浮かべている。通行税を下げたら自分の取り分が減るではないか。そんな気持ちが伝わってくる。

馬鹿なことを言い出さなければいいんですが、とアルブスは手を組んだ。

幕間『防衛、アリデッド盗賊団』

デュラン達は横隊を組み、正面を見据《みす》えた。そこには一枚の布がある。分厚く、薄汚《うすよご》れた布だ。当然か、元は幌《ほろ》馬車《ばしゃ》の幌だったのだから。何が始まるのだろう？　とデュラン達が訝しんでいると、アリデッドとデネブが布の前に立った。

「原生林に打ち捨てられた集落がありましたみたいな！」

「周囲に柵《さく》はなく、建物は倒壊《とうかい》寸前、利点は近くに水場があることだけみたいな！」

何故《なぜ》か、アリデッドとデネブは解説を始めた。そんなこと解説されなくても分かっているのだが、デュランを含《ふく》めて異を唱える者はいない。こういう馬鹿なノリが意外に大事だと分かってきたからだ。

「「そんな朽《く》ちるに任せる集落が何ということでしょう⁉」」

アリデッドとデネブは声を張り上げ、布を引っ張った。布を支えている木の枝が折れたのだろう。バキッという音と共に布が落ち――。

「「匠《たくみ》の知恵と技により堅牢《けんろう》な砦《とりで》に生まれ変わりましたみたいなッ！」」

アリデッドとデネブは手の平で砦を指し示した。逆茂木《さかもぎ》と水堀《みずぼり》に囲まれた砦だ。水堀を越《こ》えた先には土で作られた城壁《じょうへき》が聳《そび》え立っている。といっても単に土を盛っただけではない。幌を加工して作った土嚢《どのう》を積み重ね、灰や草を混ぜた泥《どろ》でコーティングしている。シンプルなように見えて工夫《くふう》が凝《こ》らされているのだ。工夫はそれだけに留《とど》まらない。城壁の向こうに物見櫓《ものみやぐら》があったり、城壁の上部に櫓《やぐら》が据《す》え付けられたりしているのは当然として敵を半包囲状態に置くため城壁が湾曲《わんきょく》していたり、孤立《こりつ》を防ぐために離《はな》れた所に支城があったり、通信用マジックアイテムで作った通信網《つうしんもう》が敷《し》かれていたり、抜《ぬ》け道《みち》があったりと見た目に反してすごい砦なのだ。アリデッドとデネブに指示されながらとはいえ、自分達で作ったからよく分かる。

「『匠の知恵と技に拍手《はくしゅ》みたいなッ！』」

アリデッドとデネブが叫び、デュラン達は手を打ち鳴らしながら雄叫《おたけ》びを上げた。しばらくしてアリデッドが手を掲《かか》げ、拳を握り締める。静かにしろという合図だ。デュラン達は手を打ち鳴らすのを止め、口を閉ざした。

「ブルーノ！」

「はッ！」

アリデッドに名前を呼ばれ、隣にいたブルーノが背筋を伸ばす。

「不思議そうにしてるけど、何か質問ですかみたいな⁉」

「い──はい！　技は私達のことだと理解していますが、知恵がどなたのことを指すのか分かりません！　ご教授頂きたく存じますッ！」

アリデッドの意図を汲《く》んだのだろう。ブルーノは『いいえ』と言いかけて言い直す。正直、彼《かれ》の要領のよさが羨《うらや》ましい。

「帝国一の知恵者《ちえしや》を知らないとは無知にも程《ほど》があるし」

「勉強不足で申し訳ございません！」

「そこまで申し訳なく思う必要はないし。部下に教育を施《ほどこ》すのも上司の務めみたいな」

「ありがたく存じます！」

アリデッドが上機嫌《じようきげん》で言い、ブルーノは声を張り上げた。本当に要領がいい。

「帝国一の知恵者とは……、ずばり！　アーサー・ワイズマン先生みたいなッ！」

アーサー・ワイズマン？　とデュラン達はざわめいた。ややあって、ブルーノが肘《ひじ》でデュランの二《に》の腕《うで》を小突《こづ》いた。

「知ってるか？」

「いや、何処《どこ》かで聞いた覚えはあるんだが……」

「そんなの知らないのと一緒だろ」

「うるせぇ、お前だって知らねぇじゃねーか」

「静かにするみたいな！」

デュランがムッとして言い返した直後、アリデッドが手を打ち鳴らした。

「皆がこんなにも無知だとは知らなかったみたいな」

申し訳ございませんッ！　とデュラン達は背筋を伸ばして声を張り上げた。

「仕方がないから今から説明するみたいな」

ありがたく存じますッ！　と再び声を張り上げる。

「アーサー・ワイズマン先生は軍学校の教師だった人みたいな」

「あッ！」

アリデッドが溜息交じりに言い、デュランは思わず声を上げた。ブルーノ達がこちらに視線を向ける。アリデッドもだ。

「ほぅ、アーサー・ワイズマン先生を知っているとはなかなかの博識みたいな。誉《ほ》めてやるし。皆に説明してやるよろしみたいな」

「あ〜、アーサー・ワイズマン先生は軍学校の教師補で、主に補講を担当していて――」

「アリデッド・フライングクロスチョップッ！」

「ぐはッ！」

デュランはよろめいた。アリデッドが両腕《りょううで》を交差させて突っ込《こ》んできたのだ。ブルーノがあちゃーと言うように手で顔を覆《おお》う。

「な、何を？」

「そんな説明、あたしは望んでないみたいな！」

アリデッドはぴしゃりと言い、元の位置に戻った。

「アーサー・ワイズマン先生はクロノ様の先生みたいな。つまり、クロノ様の功績はアーサー・ワイズマン先生によってもたらされたと言っても過言ではないし」

おおッ、とブルーノ達が声を上げる。デュランも声を上げたかったが、アリデッド・フライングクロスチョップのダメージが残っていて無理だった。デネブがつかつかと歩み寄り、アリデッドの肩《かた》を叩《たた》く。

「お姉ちゃん、お姉ちゃん……」

「あたしをお姉ちゃんと呼ぶなみたいな！　で、何か質問みたいな？」

「なんで、ワイズマン先生をよいしょするの？」

「ふッ、デネブは分かってないし」

デネブに問いかけられ、アリデッドは笑った。

「ワイズマン先生がすごいとなれば教え子のあたしらもすごいことになるみたいな」

「そんなことじゃないかと思ったけど……」

「ワイズマン先生がすごいのは事実みたいな！　だけど、自己アピールが苦手そうなのであたしが担当しますみたいな。おおッ、教え子の鏡みたいな」

「おためごかしもいい所だよ」

「という訳で今回の作戦が終わって帝都《ていと》に戻ったらアーサー・ワイズマン、アーサー・ワイズマン、アーサー・ワイズマンの名前を世に広めるみたいな」

デネブが溜息交じりに言うが、アリデッドは無視して続けた。ここまで自分本位だといっそのこと清々《すがすが》しい。それはそれとして——。

「首が痛ぇ」

「適当によいしょしときゃいいのに馬鹿だな」

「そこまで頭が回らなかったんだよ」

溜息交じりに言うブルーノにデュランはムッとして返した。

「ところで、他に知ってることはないのか？」

「他にってワイズマン先生のことか？」

「ワイズマン先生のこと以外に何があるんだよ」

「そりゃそうだ」

デュランはちょっとだけイラッとしながら頷《うなず》いた。

「で、他に知ってることはないのか？」

「あ～、確か片脚《かたあし》が義足だった」

「事故か？」

「結構、歳《とし》がいってるから内乱で負傷したんじゃねぇかな？　って、お前も軍学校に通ってたのになんで知らねぇんだよ」

「俺《おれ》は補講を受けたことがないからな」

「俺だってねぇよ」

デュランはムッとして返し、溜息を吐いた。

「いきなり溜息なんて吐いてどうしたんだ？」

「サイモンのことを思い出しちまってよ」

「いつまで引き摺《ず》ってんだよ」

「そうだけどよ。サイモンも補講を受けてたんだぜ？　補講を受けてたヤツが出世してって考えたら溜息の一つも出るだろ。つか、なんでそんなすごい先生が教師補なんてやってるんだよ」

ブルーノがうんざりしたように言い、デュランはぼやいた。

「アリデッド団長が自己アピールが下手って言ってただろ？」

「それは聞いたけど――」

「そこ！　私語は慎《つつし》むみたいなッ！」

「申し訳ありませんッ！」

アリデッドに注意され、デュランとブルーノは背筋を伸ばして謝罪した。アリデッドがいつの間にか取り出していた通信用マジックアイテムに話しかける。

「うん、今度はよく聞こえるし。うんうん、幌馬車発見？　よく分かったし」

話を終えたのだろう。アリデッドは通信用マジックアイテムをポーチにしまうとこちらに向き直った。

「幌馬車が接近中だし！　野郎《やろう》ども！　準備はＯＫみたいな⁉」

「イエーーッ！」

アリデッドの呼びかけにデュラン達は大声で応じた。

「アリデッド盗賊団、出撃《しゅつげき》みたいなッ！」

「イエーーッ！」

アリデッドとデネブが踵《きびす》を返して砦に向かい、デュラン達はその後に続いた。

第三章　『偽ナイトレンジャー現る』

帝国暦《ていこくれき》四三二年七月　中旬《ちゅうじゅん》　朝——イグニスは書簡を書き終えると羽根ペンを置いた。イスの背もたれに寄り掛かり、深々と溜息《ためいき》を吐く。すると、トントンという音が響いた。扉《とびら》を叩く音だ。

「入れ！」

「……失礼いたします」

イグニスが入室を許可すると、扉が開いた。扉を開けたのは家令のギャリソンだ。入室を許可したにもかかわらず、執務室《しつむしつ》に入ろうとしない。

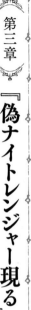

「書簡を取りに参りました」

「今、書き上がった所だ」

「失礼いたします」

ギャリソンは恭《うやうや》しく一礼し、足を踏《ふ》み出した。机の傍《かたわ》らで立ち止まると書簡を筒状《つつじょう》に丸め、さらに紐《ひも》で縛《しば》る。ギャリソンが書簡を目の前に置き、イグニスは棒状の蝋《ろう》を手に取った。紐の結び目に翳《かざ》し、神に祈《いの》りを捧《ささ》げる。神威術《しんいじゅつ》によって蝋が溶《と》け出す。

「神威術によって蝋を溶かすなど……、神殿に知られればことですな」

「溶かす所を目撃《もくげき》されなければ問題ない」

ギャリソンの皮肉めいた冗談《じょうだん》に応じながら蝋を結び目に垂らし、頃合《ころあ》いを見計らって印章を押す。あとはこれを繰《く》り返すだけだ。全ての書簡に封蝋《ふうろう》を施し、再びイスの背もたれに寄り掛かる。

「お疲《つか》れ様《さま》です」

「ああ……」

労《ねぎら》いの言葉に短く応じる。

「やはり、代筆を用意した方がよろしいのではないでしょうか？」

「それも考えたが、商人達に軽《かろ》んじられていると誤解されるのは避《さ》けたい」

「考えすぎだと思いますが……」

「私もそう思う」

イグニスの返事が意外だったのか、ギャリソンは軽く目を見開いた。

「だが、いい流れが来ている。この流れを断《た》ちたくない」

「承知いたしました。では、香茶など如何《いかが》ですか？　エレイン様より自由《じゆう》都市《とし》国家《こっか》群《ぐん》で密かな人気という触《ふ》れ込みで試供品を頂きまして」

「商売熱心なことだ」

イグニスは苦笑《くしょう》した。自由都市国家群で密《ひそ》かな人気――つまり、これから売り出そうとしている商品ということだろう。自由都市国家群では神聖アルゴ王国の貴族の間で流行の兆《きざ》しを見せているという触れ込みで売り出しているに違《ちが》いない。やり方はせこいが、それをやってのける図太さは大したものだ。

「如何なさいますか？」

「市場の視察をしてからだ」

「承知いたしました」

ギャリソンが恭しく一礼し、イグニスはイスから立ち上がった。執務室を後にし、廊下《ろうか》を通り、玄関《げんかん》から外に出る。すると、新兵達が荷車に荷物を積んでいた。監督《かんとく》しているのだろう。バンの姿もある。新兵達は荷物を積み終えると、バンに向き直った。

「バン隊長！　積み終わりましたッ！」

「よし！　エレイン殿の所に運べッ！」

はッ！　と新兵達はバンに敬礼して荷車を引き始めた。荷物を積み過ぎたせいか、なかなか動かない。だが、動き始めるとあとは早かった。新兵達の姿が植木の陰に隠れ、バンがこちらに向き直る。

「イグニス将軍、お疲れ様です」

「お前も新兵の扱《あつか》いが板に付いてきたみたいだな」

いや〜、とバンが照れ臭《くさ》そうに頭を掻《か》く。

「ところで、イグニス将軍は……」

「市場の視察だ」

「では、お供します」

「お供も何もお前の仕事は市場の警備だ」

「新兵どもの監督が抜けてますよ」

「……行くぞ」

「はッ！」

イグニスが小さく溜息を吐いて足を踏み出すと、バンはやや遅《おく》れて付いてきた。手入れの行き届いていない庭園を横切り、正門から通りに出る。屋敷《やしき》から離れるにつれ、活気が増していく。

「部屋が空いてますよ！　部屋がッ！　今なら銀貨一枚で荷物を置けますよッ！」

「荷物が届くまで少しお休みになりませんか!?　今なら香茶を付けますよ！」

「荷を置くスペースにお困りなら我《わ》が家《や》はどうですか？」

威勢《いせい》のいい声が響き、視線を巡《めぐ》らせる。すると、街の住人が客引きをしていた。バンが口を開く。

「商人が大勢来るようになったんで、小金を稼《かせ》ごうとしてるんですよ」

「皆《みな》、逞《たくま》しいな」

倉庫を増築しようと考えていたが、この活気を見ると別の方法――融資《ゆうし》するなどして領民に倉庫を建てさせた方がいいのではないかという気がしてくる。そんなことを考えていると、視界が開けた。広場に出たのだ。だが、広場は閑散《かんさん》としている。数人の子どもがちゃんばらをしているくらいだ。

「喰らえ！　ナイトブレードッ！」

「ぐひゃーーッ！」

子ども達の声を聞き、イグニスはすっ転びそうになった。何とか体勢を立て直す。すると――。

「イグニス将軍だ！」

「「「「イグニス将軍ッ！」」」」

「……」

子ども達が叫び、手を振《ふ》ってきた。無視する訳にもいかず、頬《ほお》が引き攣《つ》るのを自覚しながら手を振り返す。レッドナイトと呼ばれなかったことに安堵《あんど》しながら足早に広場を立ち去る。

「ナイトレンジャー、大人気ですね」

「ナイトレンジャーの活動は領境周辺の村に限定しているのだが……、何故メラデの子ども達がナイトレンジャーを知っている？」

「本を配っているんですよ」

「本だと⁉」

バンがこともなげに言い、イグニスは思わず声を張り上げた。

「ああ、本と言っても文字の少ない絵本ってヤツです」

「誰《だれ》の仕業《しわざ》だ？」

「そりゃあ、クロノ殿ですよ。もしかして、知らなかったんですか？」

「知っている顔に見えるか？」

「……見えません」

イグニスが問い返すと、バンはやや間を置いて答えた。何処《どこ》となくとぼけた雰囲気《ふんいき》がある。わざと報告しなかったに違いない。

「何処で配っている？」

「将軍も欲《ほ》しいんですか？」

「配るのを止《や》めさせるんだ」

「それは止めて下さい」

「何故だ？」

「里帰りする時に甥《おい》っ子にプレゼントするつもりなんです。せめて、俺が手に入れるまで待って下さい」

「お前というヤツは……」

イグニスは呻《うめ》いた。バンはクロノをひどく恨《うら》んでいた。それなのに——。そんな気持ちが伝わったのか、バンが口を開く。

「イグニス将軍が言いたいことは分かります。けど、本当にいい本なんですよ」

「実物を見たような口調だな」

「見本誌をもらったんです」

「その見本誌は？」

「回し読みをしているんで誰の手元にあるかは……」

「そうか」

バンが困ったように言い、イグニスはがっくりと肩を落とした。城門に辿《たど》り着き、門兵が背筋を伸《の》ばす。

「「イグニス将軍、お疲れ様ですッ！」」

「ああ……」

短く応じて城門を潜《くぐ》り抜ける。すると——。

「らっしゃい！　らっしゃいッ！　今なら魚の塩漬《しおづ》けが一樽《ひとたる》銀貨十枚だよ！」

「魚の干物《ひもの》があるよ！　魚の干物ッ！」

「漬物《つけもの》どうですか⁉　漬物ッ！」

「荷馬車が通ります！　道を空けて下さいッ！」

「個別売りも対応してますよ！」

熱気と喧噪《けんそう》が押し寄せてきた。いずれも商人達のものだ。道を挟《はさ》むように卸売市場が広がり、大勢の人々でごった返している。クロノ達がやって来て一ヶ月でよくもまあこれだけ賑《にぎ》やかになったものだ。そんな感想を抱きながら卸売市場を見回っていると、机を挟んで取引をする禿頭《とくとう》の男が目に留まった。行商人組合《ぎようしようにんくみあい》のトマスだ。

「では、御注文《ごちゆうもん》の商品はそちらの支店に預けておきますので」

「よろしくお願いいたします」

どちらともなく頭を下げ、トマスの対面にいた商人が立ち上がる。商人はイグニスに軽く会釈《えしゃく》をすると脇を通り抜けた。

「コール、金をしまっておけ」

「分かってる」

トマスが革袋《かわぶくろ》を差し出し、コールが受け取る。ムッとしたような表情を浮《う》かべているのは子ども扱いされるのが面白《おもしろ》くないからだろう。トマスがこちらにやって来て、ぴしゃりと頭を叩く。

「これはこれは、イグニス将軍。視察ですかな？」

「ああ、少し……、時間があったものでな」

イグニスは口籠《くちご》もりながら答えた。商取引が活発になった結果、ナイトレンジャーに手が回らなくなって視察をする余裕《よゆう》ができた。それを暇《ひま》になったと評していいのか迷ってしまったのだ。

「景気はどうだ？」

「お陰様《かげさま》で儲《もう》けさせて頂いております」

トマスがニカッと笑い、イグニスは商人が去って行った方向を見つめた。

「御注文の商品と言っていたようだが……」

「取引を開始したばかりの頃《ころ》は私どもが運んできたものを購入《こうにゅう》して頂いていたのですが、それでは欲しいものが手に入らないということで注文を取るようにしまして」

そうか、とイグニスは頷いた。取引相手の希望に合わせてやり方を変える。商売は奥《おく》が深いものだと思う。だが——。

「そのやり方では手間が掛《か》かるだけではないか?」

「我々は行商人の組合ですので」

「……なるほど」

イグニスは少し間を置いて頷いた。言葉足らずだが、行商人組合は幅広《はばひろ》い品目を少数売買することに向いているということだろう。

「邪魔《じゃま》して悪かった」

「いえいえ、今後とも行商人組合をご贔屓《ひいき》に」

トマスがぺこりと頭を下げ、イグニスは足を踏み出した。エレイン殿は、と視線を巡らせる。すると、バンが声を掛けてきた。

「エレイン殿——シナー貿易組合ならあそこですよ」

バンが指差した方向を見ると、エレインが机を挟んで商人と向き合っていた。

「詳《くわ》しいな」

「卸売市場の警備は俺達《おれたち》の管轄《かんかつ》ですし、商品の運搬《うんぱん》やら何やらで毎日顔を合わせてますからね。いや、ま、イグニス将軍ほどじゃありませんが」

イグニスの言葉にバンは苦笑じみた笑《え》みを浮かべた。エレイン達に視線を向ける。商人が革袋を取り出して机に置くと、エレインは中身を確認《かくにん》して紙に羽根ペンを走らせた。印章のようなものを押し、商人に紙を差し出す。それで取引が終わったのだろう。商人は紙を懐《ふところ》にしまうと逃《に》げるようにその場を立ち去った。

「景気はどうだ？」

「これはイグニス将軍、ご機嫌麗《きげんうるわ》しゅう」

歩み寄り、声を掛ける。すると、エレインは艶然《えんぜん》と微笑《ほほえ》んだ。

「今朝《けさ》も顔を合わせているが？」

「人の機嫌は山の天候の如く変わるものですので」

「そうか」

「どうぞ」

イグニスが短く応じると、エレインはイスを指し示した。ほぅ、と思わず声が漏《も》れそうになるほど優美な所作だ。席に着き、視線を巡らせる。城門でも感じたが――。

「賑やかになったものだ」

「もっと賑やかになるかと存じます」

正直な感想を口にすると、エレインは囁《ささや》くような声音《こわね》で応じた。彼女《かのじょ》に向き直る。もっと賑やかになればより多くのチャンスが巡ってくるはずだ。にもかかわらず、エレインは浮かない顔をしている。

「問題があるのか？」

「いいえ……」

「では、何故、浮かない顔をしている？」

「現在、卸売市場を利用しているのは規模の小さな商会ばかりです。あと一ヶ月、いえ、もっと短いかも知れません。近い将来、大商会——アサド商会やケレス商会、イオ商会、ベイリー商会が追従してくることでしょう」

ふむ、とイグニスは頷いた。いずれも耳にしたことのある商会ばかりだ。そんな商会が追従してくるとなればエレインも心穏《おだ》やかではいられまい。そういえば——。

「ピクス商会の名前がなかったようだが？」

「まだ先のことになるかと存じます」

「何故だ？」

「あそこはかなり保守的ですので」

エレインは困ったような表情を浮かべて言った。

「行商人組合は注文を取るようにしていると言ったが……」

「はい……」

「シナー貿易組合もそうなのか？」

「注文も承《うけたまわ》っておりますが、手形の発行も行っております。あくまで試験的にではございますが……」

「手形？」

「お金を預かり、これだけお金を預かったという証書を発行するのです」

「預けた金はどう引き出す？」

「証書をシナー貿易組合にお持ち頂ければ」

「それはお前のアイディアか？」

「いいえ、ですが、自由都市国家群では一般的《いっぱんてき》な手法です」

ふむ、とイグニスは頷いた。領主であるイグニスにしてみれば金を紙切れに換えるなど正気の沙汰《さた》とは思えない。だが、商人にとっては違う。何しろ、証書があれば大金を持ち歩かずに済むのだから。しかし――。

「我が国の商人がよく決断できたな」

「手形を利用するか否《いな》かは最終的に信用の問題になる。客人に対してこのようなことを言うのは心苦しい限りだが……」

「と仰《おつしや》いますと？」

「余所者《よそもの》――他国の商人をよく信用できたと？」

「そういうことだ」

エレインが心中を代弁するかのように言い、イグニスは頷いた。

「一ヶ月余りではございますが、私ども――シナー貿易組合には実績がございます」

「たかが一ヶ月だ」

「はい、たかが一ヶ月でございます。しかし、幌馬車の幌まで盗《ぬす》むような盗賊団が跋扈《ばつこ》している状況《じようきよう》です。盗賊に奪《うば》われるくらいならばと私どもの新サービスを利用したとて不思議ではございません」

「なる……」

エレインが諂《うた》うように言い、イグニスは納得《なつとく》しかけた。だが、すぐに思い直す。商人は機を見るに敏《びん》なものだが、同時に保守的な側面も持っている。リスク回避《かいひ》のためだけにシナー貿易組合の新サービスを利用するとは思えない。そこで、はたと気付く。

「そういうことか。手形を利用して通行税の支払《しはら》いを回避するつもりだな？」

「私どもには何とも」

エレインはしれっと言った。通行税の算出方法は領地によって異なるが、概《おおむ》ね所持金や荷物の量に応じて金額が決まる。逆にいえば所持していないものに税を課すことはできない。当然といえば当然だ。領地を移動するたびに店の在庫にまで税を掛けられたら商売などが成り立たなくなってしまう。

「止めろと仰るのでしたら考えますが？」

「考える、か」

「これでも、シナー貿易組合の組合長ですので」

「クロノ殿は何と？」

「報酬《ほうしゅう》と」

そう言って、エレインは小さく微笑んだ。クロノの許可を取っているかのような言い草だが、恐《おそ》らく彼女の独断か、クロノの発言を拡大解釈《かいしゃく》した結果だろう。

「どうされますか？」

「止める必要はない」

「では？」

「……手形の発行を認める」

イグニスはやや間を置いて答えた。躊躇《ためら》う気持ちはあったが、そもそも王室派の領地は神殿《しんでん》派のせいで陸の孤島《ことう》と化しているのだ。失うものなどない。ババアの言う通り、とことん突《つ》っ走るべきだ。ところで、と身を乗り出す。

「手形は私にも発行してくれるのか？」

イグニスが問いかけると、周囲がどよめいた。当然か。法を犯《おか》している訳ではないにせよ、商人達《たち》は後ろめたさを感じていたはずだ。だからこそ、手形を発行してもらった商人は逃げるように立ち去ったのだ。だが、イグニスが手形を発行してもらえばそれは払拭《ふっしょく》される。神聖アルゴ王国の将軍にして、フォマルハウト家の当主が手形を利用しているのに、どうして自分達が罪悪感を覚える必要があるだろうという理屈《りくつ》だ。

「どうなんだ？」

「もちろん、イグニス将軍もご利用頂けます」

「それはよかった」

イグニスは財布《さいふ》を取り出し、机の上に置いた。

「少額で申し訳ないが、とりあえず金貨一枚分の手形を発行してくれ」

「少額だなんて、とんでもございません。イグニス将軍でしたら真鍮貨《しんちゆうか》一枚からでも大歓《だいかん》迎《げい》です」

エレインはにっこりと笑い、手形の発行に必要な道具を並べ始めた。イグニスは空を見上げる。今頃《いまごろ》、クロノ達は何をしているだろうかと。

※

昼――シオンが寸胴鍋《ずんどうなべ》の蓋《ふた》を開けると、湯気と共に羊肉の匂《にお》いが立ち上った。くせのある匂いだ。この匂いを嗅《か》いでいるともっとローズマリーを入れた方がよいのではないかという気がしてくるが――。

肩越《かたご》しに背後を見る。すると、長机の向こうで人々が列を成していた。この街――アヴイオール領クーニックに住む生活困窮者《こんきゅうしゃ》達だ。これ以上、待たせる訳にはいかない。流れに身を任せよう。覚悟《かくご》を固めたその時――。

「そろそろいいんじゃない？」

「――ッ！」

声を掛けられ、びくっとしてしまった。声のした方を見る。すると、アクア将軍がきょとんとした顔で立っていた。

「驚《おどろ》かせちゃった？」

「はい、ちょっとだけ」

「ごめんなさいね」

「いえ……」

シオンが小さく頭を振ると、アクア将軍は困ったような笑みを浮かべた。

「もう配っちゃいましょ。えっと、私がスープをお皿によそうから……」

「じゃあ、僕《ぼく》はトレイにスープとパンを載《の》せます」

「ならボクはシオンさんの所まで運ぶよ」

アクア将軍が胸に手を当てて言うと、いつの間にか来ていたクロノとリオが続いた。アクア将軍が横目でクロノとリオを見る。

「パン載せ係《がかり》と運搬《うんぱん》係って必要？」

「サボるのも申し訳ないので」

「そういえば……」

クロノが頭を掻くと、アクア将軍は視線を巡らせた。

「あとの二人は？」

「散歩に行ってもらいました」

「散歩……」

クロノがしれっと言うと、アクア将軍は呻いた。これは駄目《だめ》な流れだ。ちょっと無理してでもこの流れを断ち切らねば。そう考えて手を打ち鳴らす。すると、クロノ、リオ、アクア将軍の三人がこちらに視線を向けた。

「スープが冷めちゃうので、配膳《はいぜん》を始めましょう！」

「「「は～い」」」

シオンが語気を強めて言うと、三人は間延びした返事をした。アクア将軍がスープを皿によそってテーブルに置き、クロノがトレイにスープとパンを載せ、リオがトレイをこちらに持ってくる。

「どうぞ」

「ありがとうございます」

シオンはトレイを受け取り、生活困窮者の待つ長机に向かった。長机が近づき、饐《す》えた臭いが鼻を突く。一人で炊《た》き出しをしていた頃によく嗅いだ臭いだ。昔を思い出して弱気の虫が騒《さわ》ぎ出す。だが、弱気の虫を押《お》さえつけ、生活困窮者――男の前に立つ。

「お待たせしました」

「……」

トレイを差し出して微笑みかけるが、男は受け取ろうとしない。どうして、受け取ってくれないのだろう。内心首を傾《かし》げていると、男がおずおずと口を開いた。

「神官様《しんかんさま》、頂いてもよろしいでしょうか？」

「あ！　はい、もちろんですッ！」

「ありがとうございます」

シオンが慌《あわ》てて返事をすると、男は恭しくトレイを受け取った。ここはケフェウス帝国《ていこく》ではないのだと改めて思い知る。

「シオンさん、どうぞ」

「ひゃいッ！」

横合いからトレイが差し出され、シオンは背筋を伸ばした。くすッという音が響《ひび》く。多分、リオが笑ったのだろう。俯《うつむ》いてトレイを受け取り、小さく頭を振る。いけないいけない。今は仕事中だ。

「次の方、どうぞ」

「……」

シオンが声を掛けると、子どもを連れた女性が前に出た。女性がおずおずと口を開く。

「あ、あの、私は黄土《おうど》にして豊穣《ほうじょう》を司《つかさど》る母神様《ぼしんさま》の信徒ではないのですが……」

「問題ありません」

「よろしいのでしょうか？」

「もちろんです」

二人を安心させようと微笑みかける。だが、女性は訝《いぶか》しげな表情を浮かべている。アリデッドとデネブの姿が脳裏《のうり》を過《よぎ》る。あの二人は遠慮《えんりょ》なく炊き出しに並んでいたが、そういう人ばかりではないのだろう。ましてや、ここは神聖アルゴ王国――人と神の距離《きょり》が遠い国だ。どうしたものかと思案を巡らせていると、リオが長机にトレイを置いた。

ふと父のことを思い出す。父はビートの品種改良に人生を捧げた。女将《おかみ》――シェーラさんは父が自分のためにビートの品種改良をしたと言った。多分、その通りなのだろう。けれど、『大地の恵《めぐ》みを分かち合おう』とする思いに偽《いつわ》りはなかったはずだ。それで、言うべきことが決まった。

「我々は黄土にして豊穣を司る母神の愛を届けること――大地の恵みを分かち合うことを使命としています」

「……」

胸を張って言うが、女性は信じられないと言わんばかりの表情を浮かべている。

「貴方《あなた》も……」

シオンは言葉を句切り、子どもに視線を向けた。神官に苦手意識があるのか、女性の陰《かげ》に隠《かく》れてしまう。

「まずはお子さんに、余裕があれば他の方に愛を届けて下さい」

「は、はい、お約束します」

「どうぞ、お受け取り下さい」

女性がこくこくと頷き、シオンはトレイを差し出した。女性にトレイを渡《わた》し、次に子どもにトレイを渡す。充足感《じゅうそくかん》が心を満たす。神官長《しんかんちょう》になってもなお澱《おり》のように蟠《わだかま》っていた負の感情が洗い流されていくようだった。

はい、とリオが長机にトレイを置き、シオンは背筋を伸ばした。

※

昼過ぎ――クロノが幌《ほろ》馬車《ばしゃ》の陰で食器を洗っていると、男がこちらに近づいてきた。身なりと手にしたトレイから炊き出しの利用者だと分かる。手を止めて立ち上がろうとするが、シオンの方が速かった。シオンが長机の前に立つと、男は深々と頭《こうべ》を垂れた。

「ありがとうございました」

「またどうぞいらして下さい」

「――ッ！」

男がトレイを長机に置いて礼を言うと、シオンは慈母《じぼ》の如き笑みを浮かべて言葉を返した。男はもう一度深々と頭を垂れるとその場を立ち去った。涙《なみだ》を流しているように見えたのは気のせいではないだろう。クロノはホッと息を吐《つ》いた。少し心配だったが、この分なら問題ないだろう。

視線を手元に戻《もど》し、再び食器を洗い始める。視界が翳《かげ》り、顔を上げる。すると、シオンが空の食器を盥《たらい》に入れる所だった。シナー貿易組合でとても立派なものをお持ちだと知ってしまったせいか。おっぱいから目が離《はな》せない。告白されたのでこのおっぱいは自分のものはずだ。そう思う一方でお酒の席なのでノーカンではと考えている自分もいる。

「生殺し感がひどい」

「何がですか？」

クロノが思わずぼやくと、シオンが髪《かみ》を掻き上げながら尋《たず》ねてきた。

「何でもありません」

「そうですか？」

シオンは訝しげな表情を浮かべた。といってもほんの数秒のことだ。よっこいしょ、と対面の木箱《きばこ》に腰《こし》を下ろし、スポンジ――いや、海綿と呼ぶべきだろうか――を手に取って食器を洗い始める。クロノも食器洗いを再開する。しばらくしてシオンがきょろきょろと周囲を見回す。

「そういえばリオさんは？」

「さあ？」

クロノは首を傾げた。配膳の時にはいたのだが、気が付くといなくなっていた。ちなみにアクアは領主のもとに炊き出しが終了《しゅうりょう》した旨《むね》を報告に行っている。屋敷の離れを宿泊《しゅくはく》場所として提供してもらっているので報連相は大事だ。

「クロノ様は何処《どこ》かに行かないんですか？」

「お邪魔でしたか？」

「い、いえ！　そういう意味じゃないですッ！」

食器洗いの最中だからか、シオンはぶんぶんと頭を振った。

「では、何故《なぜ》？」

「えっと、その、クロノ様は貴族なので……」

「偶《たま》にやってるから大丈夫《だいじょうぶ》だよ」

「そうなんですか？」

「うん……」

女将を怒《おこ》らせた時に、とクロノは心の中で付け加えて頷《うなず》いた。

「ところで、炊き出しはどう？」

「ハシェルで炊き出しをしていた時のことを思い出して不安だったんですけど、皆さんいい方だったので……」

ハシェルとクーニックの住人を比べることに罪悪感を覚えているのか、シオンはちょっとだけ申し訳なさそうに言った。あと、と続ける。

「ナイトレンジャーではお役に立てなかったので――」

「いいアイディアを出せなくて申し訳ございません」

「い、いいえ、私の方こそ鈍臭《どんくさ》くて……」

クロノが言葉を遮《さえぎ》って言うと、シオンはこれまた申し訳なさそうに言った。

「折角《せっかく》、イグニス将軍に稽古《けいこ》を付けて頂いたのに……」

「……」

シオンががっくりと肩《かた》を落とす。そんなことないよと慰《なぐさ》めの言葉を掛けたかったが、ますます落ち込《こ》んでしまいそうで言葉が出てこなかった。鈍臭いという自己評価を認めざるを得ないほどひどかったのだ。

「だから、ちょっとお役に立てた気がして嬉《うれ》しかったんです」

えへへ、とシオンは恥《は》ずかしそうに笑う。僕達《ぼくたち》はお付き合いしてますよね？ と確認したくなるほど可愛《かわい》らしい笑顔《えがお》だ。視線を巡らせる。周囲には誰もいない。チャンスだ。

「僕達――」

「クロノ様が――」

声が重なり、顔を見合わせる。

「すみません」

「シオンさんからどうぞ」

「はい……」

シオンは小さく頷き、咳払《せきばら》いをした。

「この前、えっと、シナー貿易組合でのことなんですけど、覚えてますか？」

「ああ、うん……、無限の選択肢《せんたくし》なんてないって話をしたよね？」

「そうですそうです」

シオンが嬉しそうに頷き、クロノは内心胸を撫《な》で下ろした。

「私は父の影響《えいきょう》や神威術を使えることもあって深く考えずに、いえ、自分ではすごく考えたつもりなんですけど、今にして思うとあまり深く考えずに信仰の道に入ったんじゃないかって……」

クロノは食器を洗う手を止め、シオンの話に耳を傾《かたむ》ける。

「うん……」

「でも、クロノ様が神官を辞《や》めるっていう選択肢を示して下さって……。あ！　あの時は申し訳ありません」

「いや、いいよ」

あの時――救貧院《きゅうひんいん》を再開した時のことかな？　と見当を付けながら応じる。

「あの時、神官を辞めるって選択肢を示してもらって、私は選んだんだと思います。この先もあれこれ――神威術を使えないこととかで悩《なや》んだりもすると思うんですけど、自分の選択《せんたく》に価値を与《あた》えられるように頑張《がんば》っていきたいと思います」

「……何と言っていいのか分からないけど、できる限り協力するよ」

「ありがとうございます」

クロノがやや間を置いて言うと、シオンはぺこりと頭を下げた。

「クロノ様、どうぞ」

「え？」

「さっき何か言いかけてましたよね？」

クロノが聞き返すと、シオンは可愛らしく小首を傾げた。もちろん、覚えているが、困った。シオンの所信表明を聞いた後で『僕達は付き合ってるよね？』とは言えない。どうしたものかと思案を巡らせていると――。

「ただいま～」

アクアが戻ってきた。ナイスタイミングだ。立ち上がり、頭を垂れる。

「アクアさん、お疲《つか》れ様《さま》です！」

「何を企《たくら》んでるの？」

クロノが労《ねぎら》いの言葉を掛けると、アクアは不審《ふしん》に彩《いろど》られた視線を向けてきた。これまでのことを思えば当然の反応だ。

「どうぞどうぞ、座《すわ》って下さい」

「……」

近くにあった木箱を移動させて席を作り、どうぞどうぞと手の平で指し示す。アクアは警戒心《けいかいしん》を隠そうともせずに木箱に歩み寄り、体を傾けたり、爪先《つまさき》で小突《こづ》いたりして罠《わな》がないかを確認する。それからゆっくりと腰を下ろした。何処まで信用していないんだと思ったが、シオンの意識を逸《そ》らすためだ。我慢《がまん》するしかない。

「首尾《しゅび》はどうでした？」

「首尾も何もただの終了報告よ？　な～んにもなかったわ」

「……そうですか」

クロノはやや間を置いて相槌《あいづち》を打った。マズい。話が終わってしまった。

「クロノ様、さっ――」

「そういえばメラデには生活困窮者がいませんね？　どうしてなんでしょう？」

「どうしてかしらね？」

シオンの言葉を遮って尋ねるが、アクアは不思議そうに首を傾げるばかりだ。為政者《いせいしゃ》がそれでいいのかと問い詰《つ》めてやりたい。

「多分、イグニスの領地が奥まった所にあるからじゃないかしら？」

「どん詰《づ》まりの環境《かんきょう》に自分を置きたくないみたいな感じですか？」

「ひどいこと言うわね」

クロノが問い返すと、アクアは顔を顰《しか》めた。でも、と続ける。

「そういう気持ちもあるかも知れないわね。まあ、イグニスの領地は坂が多いから単に気力が萎《な》えた可能性もあるけど」

「ああ、その可能性はありますね」

クロノはナイトレンジャーで村々を回っていた時のことやクーニックまでの道のりを思い出しながら相槌を打った。会話が途切《とぎ》れる。これはいよいよ覚悟を決める時かと考えたその時――。

「大変でありますッ！」

切迫《せっぱく》した声が響いた。フェイの声だ。声のした方を見ると、フェイがこちらに駆《か》けてくる所だった。

「大変って何かあったの？」

フェイが立ち止まり、クロノは声を掛けた。

「偽者《にせもの》であります！」

「偽者？」

「とにかく来て欲しいであります！」

「ということなので、ちょっと行ってきます」

クロノは内心安堵しながらフェイの後を追った。

※

「こっちであります！」

フェイに先導され、クロノは通りを進む。最初は閑散《かんさん》としていたが、進むにつれて人気《ひとけ》が多くなっていき、やがて広場に出る。すると、そこには人集《ひとだか》りができていた。最後列に見知った人物——リオを見つけて歩み寄る。声を掛けようとするが、リオが振《ふ》り返る方が速かった。

「おや、クロノも来たのかい？」

「いないと思ったら——」

「嫌《いや》だな。視察だよ、視察」

リオはクロノの言葉を遮って言うと正面に向き直った。彼女の隣《となり》に立ち、爪先立《つまさきだ》ちになる。すると——。

「私は炎《ほのお》の騎士《きし》！　レッドナイト！」

「水の騎士！　ブルーナイト！」

「光の騎士！　ホワイトナイト！」

「闇《やみ》の騎士！　ブラックナイト！」

「風の騎士！　グリーンナイト！」

「大地の騎士！　イエローナイト！」

人集りの向こうで六人の女性が名乗りを上げ、ポーズを決めていた。おおおおッ！　と広場に集まっていた大きいお友達が歓声《かんせい》を上げる。気持ちは痛いほど分かる。六人の女性は美人だし、肌色率《はだいろりつ》が高い。そう、彼女達《かのじょたち》はビキニアーマーを身に着けているのだ。

「出やがったね、ナイトレンジャー！　お前達、やっちまいなッ！」

イーッ！　と甲高《かんだか》い声を上げて、仮面を着けた戦闘員《せんとういん》が六人の女性——偽《にせ》ナイトレンジャーに襲《おそ》い掛かる。

「な、なんてことだ」

「どうかしたのでありますか？」

「悪の、女幹部だと……」

フェイがハッとしたように振り返り、クロノは呻《うめ》いた。戦闘員に指示をした女性はハイレグアーマーと棘《とげ》付き肩パッドを着けた悪の女幹部だったのだ。しかも、爆乳《ばくにゅう》の持ち主ときている。分かってらっしゃるとしか言い様がない。

「クロノ殿も来たのかね？」

「レオンハルト殿……」

声を掛けられ、視線を横に向ける。すると、レオンハルトがこちらに近づいてくる所だった。クロノの隣で立ち止まり、舞台《ぶたい》に向き直る。

「どうして、ここに？」

「暇だったのでね」

レオンハルトが軽く肩を竦《すく》めた次の瞬間《しゅんかん》、再び歓声が上がった。クロノは舞台に視線を向け、息を呑《の》んだ。おっぱいが揺《ゆ》れていた。戦闘員との激しい立ち回りによっておっぱいが揺れていた。まじまじとおっぱいを見ていると風を感じた。リオが距離を詰めてきたのだ。まじまじとおっぱいを見ていたこともあってびくっとしてしまう。

「旅芸人の一座らしいけど……、ボク達の方が偽者っぽいね」

「ぐッ……」

リオの言葉にクロノは呻いた。確かにリオの言う通りだ。おっぱいにばかり目がいってしまうが、偽ナイトレンジャーの立ち回りは見事なものだ。アクションと特殊効果《とくしゅこうか》で稚拙《ちせつ》さを誤魔化《ごまか》している本家ナイトレンジャーとは違《ちが》う。

「もう彼女達に任せてしまった方がいいんじゃないかな？」

「嫌でありますッ！」

リオが溜息《ためいき》交じりに言うと、フェイが声を張り上げた。幸いにもというべきか、フェイの声は大きいお友達の歓声によって掻《か》き消された。

「どうしてだい？」

「もっとチヤホヤされたいからでありますッ！」

「……」

フェイが力一杯《ちからいっぱい》断言すると、リオは黙《だま》り込んだ。哀《あわ》れむかのような表情を浮《う》かべている。

「なんで、黙り込むでありますか？」

「で、どうするんだい？」

「無視でありますか、そうでありますか」

リオがクロノに視線を向けると、フェイはがっくりと肩を落とした。

「ナイトレンジャーは宣伝工作の一環《いっかん》だからね。偽者《にせもの》に好き放題やられて王室派の評判を落としたくないし、神殿派の工作である可能性もゼロじゃない。放置はできないよ。それに……」

「それに？」

クロノが口籠《くちご》もると、リオは小首を傾げた。

「ナイトレンジャーの絵本とDX《デラックス》ナイトブレード、なりきりナイトレンジャーマスクの発注を掛けたばかりなんだよ。偽者扱《あつか》いされると物販《ぶっぱん》に影響が……、在庫の山を抱《かか》える羽目になっちゃう……、吐きそう……」

「色々と考えてるのは分かるけど、クロノは商売に向いてないね」

クロノが吐《は》き気《け》を堪《こら》えながら言うと、リオは小さく溜息を吐いた。

「偽者を放置するつもりがないのは分かったけど、結局どうするんだい？　やっぱり、殺すのかい？」

「やっぱりって……」

リオがいつもと変わらぬ口調で言い、クロノは呻いた。

「まずは背後関係を洗って──」

「え～、そんな面倒臭《めんどうくさ》いことをするでありますか～」

「面倒臭いって、人の命が懸《か》かってるんですよ？」

フェイが不満そうな声を上げ、クロノは真顔で突っ込んだ。他に方法がなければ殺害も止《や》むなしだが、彼女達について何一つ知らないのだ。背後関係を洗ってからでも遅《おそ》くはないはずだ。

「フェイ、失われた命は戻ってこないんだよ？」

「そんなことは分かってるであります」

命の大切さを伝えるが、フェイは不満そうだ。リオ、レオンハルトに視線を向ける。

「私、リオ殿、レオンハルト殿、ついでにアクア殿がいれば無傷で制圧することも容易であります」

「ああ……」

思わず声を上げる。確かにフェイの言う通りだ。フェイ、リオ、レオンハルト、アクアの四人がいれば旅芸人の一座なんて容易《たやす》く制圧できる。相手が神殿関係者だったとしてもそれは同じだろう。

「でも、いきなり暴力に訴《うった》えるのは――」

「クロノ様は甘《あま》いであります！　まず大事なのは『分からせ』であります！　立場の違いを『分からせ』るッ！　それが一番大事なのでありますッ！」

「フェイ、何か嫌なことでもあった？」

「な、ないでありますよ」

「だったらいいけど……」

フェイは上擦《うわず》った声で答えた。またシロとハイイロと揉《も》めたのだろう。巻き込まれたくないので口にはしないが――。

「でも、やっぱり――」

「確かに『分からせ』てやるのがてっとり早いね」

「私達ならば万が一もないだろう」

リオがクロノの言葉を遮って言い、レオンハルトが追従する。二人のアグレッシブな意見にぎょっと目を剥《む》く。

「クロノ様、三対一でありますよ？」

「ぐう……」

フェイが勝ち誇《ほこ》ったように言い、クロノは呻いた。殺害も止むなしと考えていたくせにと思わないでもないが——。

「分かった。まずは『分からせ』よう」

「流石《さすが》、クロノ様であります！」

フェイが嬉しそうに手を打ち鳴らし、クロノはリオに視線を向けた。

「情報収集をお願いします」

「こういう時、翠《みどり》にして流転《るてん》を司る神を信仰《しんこう》しなければよかったと思うよ」

そう言って、リオは小さく溜息を吐いた。

※

深夜——クロノはフェイ、リオ、レオンハルト、アクアと共に裏門を潜《くぐ》った。領主宅の裏門だ。一応、領主に話を通しているが、正門から出たら旅芸人の一座を殺した時に無関係と言い張れないということで裏門から出ることになったのだ。クロノ様、と背後から呼ばれて振り返る。すると、シオンが立っていた。

「あの、私、お役に立てなくて……」

「荒事《あらごと》は僕達の仕事だからゆっくり休んでて」

「はい……」

安心させようと笑いかけるが、シオンは浮かない顔だ。神威術が使えなくなり、できたことができなくなった。そのせいで居心地《いごこち》の悪さを覚えているのだろう。騙《だま》し騙しでもいいから自分の気持ちに折り合いを付けられるようになって欲《ほ》しい。そんなことを考えながらリオに視線を向ける。

「リオ……」

「こっちだよ」

リオに先導され、クロノ、フェイ、レオンハルト、アクアの四人は夜の街を進む。街灯はなく、月明かりだけが頼《たよ》りだ。リオによれば旅芸人の一座は複数の宿に分かれて泊《と》まっているらしい。ちなみに悪の女幹部を演じていたのは座長で偽ナイトレンジャーのメンバーとこの先にある金毛亭《きんもうてい》に泊まっているとのこと。

「あそこが金毛亭だよ」

リオが立ち止まり、前方にある建物を指差した。金毛亭は木造二階建て、西部劇に出てくる酒場のような外観をしていた。まだ営業時間らしく一階の扉《とびら》は開け放たれている。アクアがおずおずと口を開く。

「本当に襲撃《しゅうげき》する気なの？」

「僕もできれば襲撃なんてしたくないんですが……」

アクアに尋ねられ、クロノは溜息を吐いた。

「だったら――」

「駄目であります！」

アクアの言葉をフェイが遮る。

「ナイトレンジャーは宣伝工作の一環であります！」

「でも、これって普通《ふつう》に犯罪よね？」

「相手が何者であれ、交渉《こうしょう》を優位に進めるには生殺与奪《せいさつよだつ》の権がこちらにあると『分からせ』る必要があるであります」

フェイは『分からせ』の部分に力を込めて言った。それに、と続ける。

「相手に悪意があった場合、イグニス殿とアクア殿の名声が地に落ちるであります」

「どうして？」

「イグニス殿がレッドナイト、アクア殿がブルー――」

「止めて！」

アクアは悲鳴じみた声でフェイの言葉を遮った。

「二人がナイトレンジャーのメンバーであることは周知の事実だからであります」

「ちゃんと説明すれば分かってもらえるわよ」

「アクア殿は分かってないでありますねぇ」

「ぐッ……」

フェイがイラッとする口調で言い、アクアは呻いた。口調はイラッとするが、分かってないという部分には同意できる。世の中には説明しても分かってくれない人が多いし、王室派は神殿派と敵対しているのだ。隙《すき》を見せればここぞとばかりに攻《せ》めてくるだろう。

「覚悟を決めるであります」

「……」

フェイが言い含《ふく》めるように言うが、アクアはまだ迷っているようだ。

「まだ迷っているでありますか？」

「ええ……」

「だったら、こう考えるであります。責任はクロノ様が取ると」

「フェイ!?」

「何でありますか？」

ぎょっとフェイを見る。すると、フェイは不思議そうに小首を傾げた。どうして、名前を呼ばれたのか分からない。そんな気持ちが伝わってくる。

「え？　いや、その、責任？」

「クロノ様、責任者は責任を取るために存在しているであります」

「それはそうだけど……、そうなんだけど……」

フェイが諭《さと》すような口調で言い、クロノは拳《こぶし》を握《にぎ》り締《し》めた。その言葉は責任者が責任を取る時に言うべきものではなかろうか。

「責任を取ってくれないでありますか？」

「い、いや、と、取りますよ、責任」

「クロノ様ならそう言ってくれると信じていたであります！　クロノ様が責任を取って下さるならば百人、いや、万人力《まんにんりき》でありますッ！」

「なるべく穏便《おんびん》にお願いします」

偽ナイトレンジャーを千切っては投げ千切っては投げするフェイの姿が脳裏を過り、クロノは駄目元《だめもと》でお願いした。

「楽になったでありますか？」

「ええ、楽になったわ」

アクアは胸に手を当て、こちらに視線を向けた。

「ちゃんと責任を取ってよね？」

「ぐぅ……」

何処か責めるような口調で言われ、クロノは呻いた。呻くしかない。あと責任を取ると言ったのだから念を押さないで欲しい。レオンハルトが口を開く。

「話は纏《まと》まったかね？」

「はい……」

クロノはがっくりと肩を落とした。何故《なぜ》だか、レオンハルトの言葉が死刑《しけい》宣告のように感じられた。よし、と顔を上げる。こうなったら覚悟《かくご》を決めるしかない。

「では、改めて作戦のおさらいを」

クロノは咳払いをして背筋を伸《の》ばした。

「まずフェイとレオンハルト殿は金毛亭の外——爆《ばく》にゅ、もとい、悪の女幹部と偽ナイトレンジャーが泊まっている部屋に面した通りで待機」

「了解《りょうかい》であります」

「承知した」

フェイとレオンハルトが頷き、クロノはリオとアクアに視線を向けた。

「僕《ぼく》とリオ、アクアさんは正面から乗り込む訳だけど、騒ぎになったら困るのでリオに音を遮断《しゃだん》してもらう」

「翠にして流転を司る神の神威術は便利でありますね」

「お陰で情報収集をすることになったけどね」

フェイがしみじみと呟《つぶや》き、リオが軽く肩を竦める。

「あとは店主とお客さんに事情を説明して、悪の女幹部と偽ナイトレンジャーが泊まっている部屋に……」

クロノは言葉を句切り、ポーチから透明な球体を取り出した。

「これ——非致死性マジックアイテム・スタングレネードを投《な》げ込む。閃光《せんこう》と爆音《ばくおん》で動けなくなるから単に突っ込むより安全なはず」

「ふ～ん、便利なマジックアイテム……」

クロノが作戦を説明すると、リオは感心したように声を上げ、不意に押し黙った。

「何か気になることでも？」

「あ～、うん、ちょっと気になることがあるんだけど……、やっぱりいいや」

リオは口籠もり、小さく頭を振った。見落としていることがあるのではないかと不安になるが、数え切れないくらい試験をしているし、実戦でも使えると分かっている。気にしすぎだと不安を抑《おさ》えつける。

ごほん、とクロノはもう一度咳払いをした。

「では、作戦開始ッ！」

「「「「了解ッ！」」」」

クロノが作戦の開始を宣言すると、フェイ、リオ、レオンハルト、アクアの四人が声を張り上げた。フェイとレオンハルトが所定の場所に移動すべく駆け出す。

「じゃあ、ボクは音を遮断するよ」

「よろしく」

「神よ」

リオが人差し指を上に向け、小さく祈《いの》りを捧《ささ》げる。緑色の光が人差し指を中心に渦《うず》を巻き、解けて金毛亭に向かう。

「もういいよ」

「分かった」

クロノはリオとアクアを率いて金毛亭に向かう。スイングドアを通って中に入る。視線を巡《めぐ》らす。カウンターの内側に店主と思《おぼ》しき女性が一人、カウンター席に客と思しき女性が座っている。客と思しき女性がこちらに向き直る。

「おお、クロノか。奇遇《きぐう》じゃな」

「神官さん……」

客と思しき女性――神官さんに声を掛《か》けられ、クロノは小さく溜息を吐いた。面倒臭いことになりそうな予感がするが、もう作戦は始まっているのだ。ボーッと突っ立っている訳にはいかない。クロノは足を踏《ふ》み出した。

「いらっしゃいと言いたい所なんですが、もう看板なんですよ」

「それはよかった」

え？　と店主と思しき女性が声を上げ、クロノはポーチから金貨の入った革袋《かわぶくろ》を取り出した。カウンターに置く。すると、神官さんが無言で革袋に手を伸ばした。

「……」

「あ痛ッ！」

クロノが無言で手の甲《こう》を叩《たた》くと、神官さんは悲鳴じみた声を上げた。恨《うら》めしそうにこちらを見る。

「なんで、叩くんじゃ？」

「なんで、お金を盗《と》ろうとするんですか？」

「盗るだなんて人聞きの悪いことを言うでない！」

クロノが問い返すと、神官さんはムッとしたように言った。ただ、と続ける。

「ちょっと気になっただけじゃ」

「本当ですかぁ？」

「何かイラッとする言い方じゃな」

神官さんがイラッとしたように言うが、無視して店主と思しき女性に向き直る。

「あ、あの、これは？」

「迷惑料《めいわくりょう》です。実は——」

店主と思しき女性がおずおずと切り出し、クロノは事情を説明した。その内容は旅芸人に扮《ふん》した盗賊《とうぞく》を追っているというものだ。

「——という訳です。協力して頂けますね？」

「………はい」

店主と思しき女性はかなり間を置いて頷いた。十中八九、彼女《かのじょ》はクロノの説明を信じていない。だが、こちらにはアクアがいる。神聖アルゴ王国の将軍に盾突《たてつ》いてまで宿泊客《しゅくはくきゃく》を守ることはできない。つまり、そういうことだ。

くくく、と笑い声が響《ひび》く。神官さんの笑い声だ。視線を向けると、神官さんはにやにやと笑っていた。お主も悪よのぅ、と言わんばかりの笑《え》みだ。チッ、と舌打ちをする。すると──。

「なんで、舌打ちするんじゃ⁉」

「別に舌打ちなんてしてませんよ」

「したじゃろ、舌打ち。ワシはただ必死になって嘘吐《うそつ》いて可愛いのぅって思っただけじゃのに……」

「──ッ！」

クロノはハッとして店主と思しき女性を見る。どうする？　拘束《こうそく》すべきか？　それとも──。最悪の手段が脳裏《のうり》を過《よぎ》ったその時、神官さんが店主と思しき女性を庇《かば》うように片腕《かたうで》を広げた。

「手荒《てあら》な真似《まね》をする必要はない。何故なら……」

「何故なら？」

「ワシ、店主と知り合いじゃし。ワシが頼《たの》めば大体のことを聞いてくれるぞ？」

「おい……」

「はい……」

クロノがドスの利《き》いた声で呼びかけると、神官さんは居住まいを正した。店主と思しき女性に視線を向ける。

「本当ですか？」

「え、ええ、まあ、小さい頃《ころ》に怪我《けが》を治してもらったことがあるんですよ。だから、神官様の頼みなら多少の無茶《むちゃ》は……」

店主と思しき女性は口籠もりながら答えた。再び神官さんに視線を向ける。すると、彼女はどうだと言わんばかりの表情を浮かべていた。

「どう――」

「なんで、先に言ってくれないんですか？」

「え？　はい、すみません――って、どうしてワシが悪いことになっとるんじゃ⁉」

クロノが溜息交じりに言うと、神官さんは最初に困惑《こんわく》したような、次に申し訳なさそうな表情を浮かべ、最後に逆ギレした。

「先に言ってくれれば金貨十枚も払《はら》わずに済んだからです」

「金貨十枚⁉」

神官さんがカウンターを見る。だが、そこに革袋はない。クロノ達《たち》が話している間に店主と思しき女性が引き出しにしまったのだ。

「ところで、どうしてここにいるんです？」

「うむ、話せば長くなるが……。昼すぎに起きて、ちょっと早めに酒場に行こうとしたらイグニスに虫でも見るような目で見られたんじゃ。それでこっちに来たという訳じゃ」

「結構、短いですね」

「お主はそういうヤツじゃよな～」

そう言って、神官さんは拗《す》ねたように唇《くちびる》を尖《とが》らせた。優《やさ》しい言葉を期待していたのは分かるが、ちょっと弁護できない。そういえば――。

「メラデからクーニックまでかなり距離《きょり》がありますけど、どうやって来たんですか？」

「ふッ、ワシには二本の脚《あし》がある」

「不健康な生活を送っているのに健脚《けんきゃく》ですね」

「言い方！」

神官さんがムッとしたように言い、クロノは溜息を吐《つ》いた。

「何故《なぜ》、お主が溜息を吐く？」

「いえ、瞬間移動くらいして欲しかったなって」

「ハードル高ッ！」

「できないんですか、瞬間移動？」

「そんなことができるのならえっちらおっちら原生林を越《こ》えてこんわい！」

「それもそうですね」

神官さんが声を荒《あら》らげ、クロノは残念に思いながら頷《うなず》いた。リオが小さく溜息を吐く。

「クロノ、そろそろ行かないかい？」

「ん？　何処《どこ》に行くんじゃ？」

「ナイトレンジャーをパクられたんで背後関係を洗おうと」

「そういうことならばワシも行こう」

クロノが質問に答えると、神官さんはイスから立ち上がった。

「念のために言っておきますが、殺しはできるだけ避《さ》けて下さい」

「殺し？　何を言っとるんじゃ？　ワシは戦闘《せんとう》に参加するつもりはないぞ？」

「戦闘に参加しないなら何のために？」

「うむ、お主らがやり過ぎた時に蘇生《そせい》を手伝ってやろうかと思っての」

「ああ、そういうことですか」

「そういうことじゃ。で、どうする？」

「……お願いします」

クロノは少し悩み、神官さんに同行してもらうことにした。スタングレネードは非致死性なのでやり過ぎることはないと思うが、万が一ということもある。

「話が纏まったみたいだね？　じゃ、さっさと終わらせよう」

リオが歩き出し、クロノ達は後に続いた。店の奥《おく》にある階段を上り、廊下《ろうか》を進み、突き当たりにある部屋の前で立ち止まる。

「鍵《かぎ》は？」

「今は開いてるよ。ボクが扉を開けたらマジックアイテムを投げ込《こ》んでおくれ」

「分かった。合図は任せる」

「了解」

リオが扉に身を寄せ、クロノはポーチからスタングレネードを取り出した。

「三、二、一——今！」

「閃光よ！」

リオが扉を開け、クロノはキーワードを叫《さけ》んでスタングレネードを投げた。すかさずリオが扉を閉め、クロノは両手で耳を押さえた。爆音を警戒《けいかい》してのことだが、爆音は轟《とどろ》かなかった。

「不発かな？」

「いや、そうじゃないよ」

耳から手を離《はな》して首を傾《かし》げると、リオが小さく頭を振った。扉を開ける。すると、七人の女性——悪の女幹部と偽ナイトレンジャーがあられもない格好で倒《たお》れていた。七人ともぴくりとも動かない。

「こんなに威力《いりょく》があったかな？」

「これは神威術のせいだよ」

「どういうこと？」

思わず視線を向けると、リオは小さく溜息を吐いた。

「ボクは神威術で音を遮断した。ここまでは分かるね？」

「あ、う――ッ！」

クロノは頷きかけ、息を呑んだ。音を遮断――つまり、この部屋は密室だったということだ。それも音が部屋の外に漏《も》れたり、壁《かべ》や床《ゆか》に吸収されたりすることのないエネルギーのロスが一切《いっさい》ない密室。

「もしかして、さっき口籠もったのは？」

「流石、クロノ。察しがいいね」

「うう、皮肉にしか聞こえない」

クロノは呻いた。何しろ、今の今まで気付けなかったのだ。とてもじゃないが、察しがいいとは言えない。察しの悪さに打ちのめされていると、神官さんが口を開いた。

「ショックを受けとるところ悪いが、そろそろ介抱《かいほう》した方がええんじゃないかの？　何せ、耳血《みみぢ》が出とるし」

「――ッ！」

耳血というパワーワードに床に倒れる七人の女性を見る。本当だ。耳と言わず、鼻と目からも血が出ている。この分だと脳にも――。いや、と頭を振る。怖《こわ》いことを考えている場合ではない。何とかして誤魔化さ、もとい、助けなければ。

「あの、神官さん？」

「皆《みな》まで言わずとも分かっとる。ワシはこのために来たんじゃからな」

神官さんは一番近くに倒れている悪の女幹部のもとに向かった。彼女の傍《かたわ》らに跪《ひざまず》き、むッと唸《うな》る。突然《とつぜん》のことだったので、びくっとしてしまう。

「ど、どど、どうかしたんですか？」

「いかん、脳みそが出とる」

「脳みそが⁉」

「いや、見間違《みまちが》いじゃった」

「ババア！　また乳揉むぞッ！」

「冗談《じょうだん》じゃろ、冗談」

クロノが思わず叫ぶと、神官さんは拗ねたように唇を尖らせた。

こんなものかな？　とクロノは一歩下がり、酒場の壁際に積み上げたテーブルをしげしげと眺《なが》めた。ガタッという音が響き、隣に視線を向ける。すると、レオンハルトがイスを壁際に寄せていた。視線に気付いたのか、レオンハルトがこちらを見る。

「これでいいかね？」

「大丈夫《だいじょうぶ》だと思います」

「それはよかった」

レオンハルトが小さく肩《かた》を竦め、クロノは背後に向き直った。酒場の床には仰向《あおむ》けに横たわる七人の女性、その傍らにはアクアの姿がある。

「どうですか？」

「命に別状はないと思うけど……」

クロノが容態を尋《たず》ねると、アクアは難しそうに眉根《まゆね》を寄せて言った。タンッという音が響《ひび》く。カウンター席でお酒を飲んでいた神官さんが木製のジョッキを置いた音だ。神官さんはこちらに向き直り——。

※

「なんで、術を使ったワシの真後ろでそういうことを言うんじゃ？」

面白《おもしろ》くなさそうに言った。

「脳みそが出とるとか言うからです」

「ちょっとしたジョークじゃろ〜。ワシ、やる気がなくなった〜」

クロノがムッとして返すと、神官さんは背を向けてカウンターに突っ伏《ぶ》した。ギシギシという音が響く。音のした方——階段を見ると、二階で宿の女主人から話を聞いていたリオが下りてくる所だった。

「どうだった？」

「宿の女主人が言うには彼女達はスヴェル一座っていうそこそこ有名な旅芸人の一座らしいよ。ただ……」

リオは言葉を句切り、悪の女幹部に視線を向けた。

「彼女——ミュラが座長になってから人気が今一つらしいね」

「落ち目の旅芸人の一座が焦《あせ》ってって感じか」

「そうだね」

リオは溜息交じりに応じ、どうするんだい？　と目で問いかけてきた。ここまで素性《すじよう》が分かっているのなら解放してもいいのではないかという気がしてくる。だが、偽ナイトレンジャーが本家に与《あた》える影響《えいきょう》は無視できないし、神殿《しんでん》と繋《つな》がっている可能性もある。尋問《じんもん》は不可避《ふかひ》だ。そんなことを考えていると、フェイが七人の女性から少し離れた所にイスを置いた。

「クロノ様、どうぞであります」

「……ありがとう」

訝《いぶか》りながら礼を言い、ちょこんとイスに腰《こし》を掛ける。すると——。

「その座り方は駄目《だめ》であります。もっと深く座って、脚を開いて欲しいであります」

フェイに駄目出《だめだ》しをされた。

「なんで？」

「もちろん、クロノ様が一番偉《えら》いと示すためであります」

クロノが疑問を口にすると、フェイは鼻息も荒く答えた。責任を押しつけるためでは？と思ったが、口にはしない。う〜ん、と真ん中に横たえられていた悪の女幹部——ミュラが小さく呻いたからだ。

「アクアど——」

「名前を呼ばないで！」

「とにかく、クロノ様の隣《となり》に移動であります！　皆も移動でありますッ！」

アクアが悲鳴じみた声を上げるが、フェイは構わずに呼びかけた。フェイ、リオ、レオンハルト、アクアがクロノの左右に並ぶ。ちなみに神官さんはカウンター席で飲んだくれている。そろそろかな？　とクロノが身を乗り出す。すると、ミュラがカッと目を見開いた。びっくりして身を引くと、ミュラは獣《けもの》のような声を上げて床を転げ回った。

「神官さん!?」

「あ、うん、そういうこともあるじゃろ」

「どういうこと!?」

振《ふ》り返って呼びかけるが、神官さんはこちらを見ようともしない。どうしよう？　と左右に視線を向ける。しかし、皆そっと顔を背《そむ》けるだけだ。しばらくミュラは床を転げ回っていたが、やがて力尽《ちからつ》きたように動きを止めた。

死んでしまったのでは？　とイスから腰を浮かす。すると、ミュラがゆっくりと体を起こした。といっても全身は脂汗《あぶらあせ》に塗《まみ》れ、目の焦点《しょうてん》は合っていない。さらにぶつぶつと何かを呟いている。

「もしもし、僕の声が聞こえますか？」

「――ッ！」

意を決して声を掛けると、ミュラはハッとしたように顔を上げた。

「ここは⁉」

「まず——」

落ち着いて下さいと言おうとしたが、できなかった。残る六人が獣のような声を上げ、床を転げ回り始めたのだ。

「神官さ——」

「申し訳ありません！　私達が、私が悪かったですッ！　何でもします！　だから、皆を殺さないで下さいッ！」

振り返って神官さんを呼ぼうとする。だが、ミュラが悲鳴じみた声で懇願《こんがん》する方が速かった。クロノのせいで六人が獣のような声を上げて床を転げ回っていると判断したのだろう。『ここは⁉』とか言ってたのに、どうしてそこだけ判断が速いのだろうと思わないでもない。やがて、ミュラがそうであったように六人が動きを止める。正面に向き直ると、ミュラの姿がなかった。視線を落とす。すると、ミュラは床に這《は》い蹲《つくば》り、お願いします、お願いします、どうかお許し下さいと呟いていた。

クロノは優しく声を掛けようとして思い直した。この状況《じょうきょう》を利用した方がいいと思ったのだ。偉そうに見えるようにイスに座り直す。

「顔を上げろ」

「……」

低い声で命令すると、ミュラは恐《おそ》る恐るという感じで顔を上げた。

「名前は？」

「名前？　ミュラと──ッ！　いえ！　スヴェル一座の座長ミュラと申しますッ！」

名前だけではマズいと思ったのだろう。ミュラは慌《あわ》てふためいた様子で言い直した。

「誰《だれ》の差し金だ？」

「だ、誰と仰《おっしゃ》いますと？」

「お前の代になり、スヴェル一座が落ち目であることは知っている」

「──ッ！　ご、ご慧眼《けいがん》、感服いたしましたッ！」

ミュラはハッと息を呑《の》み、平伏《へいふく》した。リオが宿の女主人から聞いた話をそのまま口にしただけなのだが、恐怖《きょうふ》は思考を鈍《にぶ》らせ、実際よりものを大きく見せるものらしい。

「誰の差し金だ？」

「ご、ご質問の意図が理解できません！　ど、どうか、私めにも分かるように……。何卒《なにとぞ》、何卒お慈悲《じひ》をッ！」

ミュラがごりごりと床に頭を擦《こす》り付ける。ちょっと言葉足らずだったかな？　とクロノは反省し、咳払《せきばら》いをした。

「顔を上げろ」

「は、はひッ！」

クロノの言葉にミュラは上擦った声で応じ、顔を上げた。

「私は危惧《きぐ》している。お前達が誰かの命令を受けてナイトレンジャーの興行をしていたのではないかと」

「だ、誰からも命令を受けておりません！」

「それを信じろと？」

「本当です！　本当のことなんですッ！　どうか！　どうか信じて下さいッ！」

「…………分かった。信じよう」

「――ッ！」

クロノはかなり間を置いて言った。普段《ふだん》からこれだけの演技ができるなら落ち目になんてならないと考えたからだ。安心したのか、ミュラが白目を剥く。そのまま横倒《よこだお》しになるかと思いきや彼女は意識を繋ぎ止《と》めて体勢を立て直した。

「次の質問だ」

「は、はい、何なりと」

「何故、ナイトレンジャーの興行をしようと考えた？」

「それは……」

神殿の命令じゃなかったし、もういいかなと思ったが、とりあえず理由を尋ねる。すると、ミュラは口籠《くちご》もり、忙《せわ》しなく目を動かした。

「言えない理由でも？」

「い、いえ！　違《ちが》いますッ！　あ、えっと、私は――」

ミュラは大声で叫び、自分達の苦境や本家ナイトレンジャーとの出会い、偽《にせ》ナイトレンジャーの興行で万雷《ばんらい》の拍手《はくしゅ》を浴びて気力を取り戻《もど》したことを情感たっぷりに――泣きながら笑うという離れ業《わざ》まで披露《ひろう》して――語った。

「――という訳なんです！　だから、何卒、何卒お慈悲をッ！」

「……」

全てを語り終え、ミュラは縋《すが》るような視線を向けてきた。だが、クロノはすぐに答えられなかった。彼女の演技力というか、底力を目《ま》の当たりにしてナイトレンジャーの活動を任せられないだろうかという思いが芽生えたのだ。だが、そんな大事なことを一人で決めていいのかという躊躇《ためら》いもある。

「正直に言うと、私は悩《なや》んでいる」

「な、何を悩んでいらっしゃるのですか？」

「お前達は罪を犯《おか》した。殺されても仕方がないほどの大罪だ。だから、罪を裁くべきではないかと。しかし、こうも考えている。お前達を私達の計画に利用できるのではないかと」

「私達はお役に立てますッ！」

「それを決めるのはお前ではない！」

「も、申し訳ございません！」

クロノがぴしゃりと言うと、ミュラは平伏した。黙《だま》ってミュラを見つめる。彼女はだらだらと脂汗を流している。汗《あせ》が床に滴《したた》り落ち、クロノはポーチから革袋を取り出した。

「顔を上げろ」

「は、はい！」

ミュラが顔を上げ、クロノは革袋を差し出した。だが、ミュラは革袋を手に取ろうとしない。罠《わな》を疑っているのか、きょろきょろと視線をさまよわせている。

「受け取れ」

「はッ！」

ミュラが両手を差し出し、クロノは革袋から手を放した。革袋がミュラの手に落ちる。

「その革袋には金貨が十枚入っている。この街で興行を終えたらフォマルハウト領メラデにあるイグニス将軍の屋敷《やしき》に来い。そこで、沙汰《さた》を告げる」

「は——ッ！」

クロノは平伏しようとするミュラの肩に触れた。すると、彼女は動きを止め、恐る恐るという感じで顔を上げた。目が合い、ヒュッと息を呑む。

「約束を破った時は……、分かっているな？」

「は、はい、決して、決して約束を違《たが》えるような真似はいたしません」

「ならばいい」

クロノは手を離すと、今度こそミュラは意識を失った。極度の緊張《きんちょう》から解放されたせいだろうか。その表情は恍惚《こうこつ》としているように見えた。

※

クロノは金毛亭《きんもうてい》を出るとこれ以上ないくらい深い溜息《ためいき》を吐いた。初手からミスをしてミュラ達を瀕死《ひんし》の状態に追い込んでしまったが、背後関係は洗えたし、立場を『分からせ』た上で次に繋げることもできた。全体的に見れば上手《うま》くいったのではないだろうか。上手くいってたらいいなと思う。

その時、フェイが小さく唸った。どうして唸ったのか気になったが、体力はともかく気力は限界だ。歩を進める。すると、フェイが正面に回り込んできた。

「無視しないで欲《ほ》しいであります！」

「明日じゃ駄目？」

「駄目であります！」

駄目元で提案してみるが、やはり駄目だった。

「……手短にね」

「流石《さすが》、クロノ様であります」

クロノがやや間を置いて言うと、フェイは嬉《うれ》しそうに笑った。

「スヴェル一座をどうするつもりでありますか？」

「ナイトレンジャーの活動を任せられないかなって考えてる」

「嫌《いや》であります！」

「まあ！　それはいい考えねッ！」

フェイとアクアの声が重なり、沈黙《ちんもく》が舞《ま》い降《お》りる。気まずい沈黙だ。

「ブルー？」

「私をブルーと呼ばないで！」

フェイがおずおずと声を掛けると、アクアは悲鳴じみた声を上げた。

「クロノ様、ようやく人気が出てきたのに譲《ゆず》ってしまうのでありますか?」

「気持ちは分かるけど、そろそろ潮時さ」

「所詮《しょせん》、私達は素人《しろうと》だからね」

「うぐぐ、グリーンに、ホワイトまで……」

リオとレオンハルトの言葉にフェイは呻《うめ》いた。その姿を見ていると、申し訳ないことをしちゃったかなという気持ちになる。

「クロノ様～、何とかならないでありますか?」

「イグニス将軍の負担や僕達《ぼくたち》の活動範囲《はんい》を考えるとね」

「お役御免《ごめん》でありますか、そうでありますか」

クロノが頭を掻《か》きながら答えると、フェイはがっくりと肩を落とした。ますます申し訳ない気持ちになる。だが、イグニス将軍がナイトレンジャーを続けるのは無理だし、宣伝工作と言いながらクロノ達の活動はフォマルハウト領に限られている。そのことを考えると、本職に任せてしまった方が効率的なように思うのだ。旬《しゅん》が過ぎる前にグッズを売ってしまいたいという思いもあるが――。

再び気まずい沈黙が舞い降りる。だが、沈黙は神官さんによって破られた。

「それにしてもすごかったのぅ。長生きしとるが、泣きながら笑うヤツなど初めてじゃ」

「私は二度目だね」

「おや、何処で見たんだい？」

神官さんの言葉にレオンハルトが微苦笑《びくしょう》を浮《う》かべて応じる。すると、リオが興味津々《きょうみしんしん》という感じで尋ねた。レオンハルトがこちらに視線を向ける。刹那《せつな》、親征の——アリデッドとデネブを庇《かば》った時の記憶《きおく》が鮮《あざ》やかに甦《よみがえ》った。あの時、確かにクロノは泣きながら笑うという離れ業を披露した。クロノもミュラと同じことをしたと察したのか、リオが合点《がてん》がいったと言わんばかりの表情を浮かべる。

「クロノは意外に演技派なんだね」

「あの時はアリデッドとデネブを助けるために必死だったんだよ」

リオの言葉にクロノは溜息交じりに応じた。

※

アルブスが扉《とびら》を開けると、ルーフス、ウィリディス、フラウムの三人が円卓《えんたく》を囲んでいた。やはりというべきか、レウムの姿はない。

「お待たせして申し訳ありません」

遅《おく》れたことを謝罪して席に着く。ややあってレウムがやって来た。荒々《あらあら》しい足取りで席に歩み寄り、どっかりと腰を下ろす。

「では――」

「待て」

開会を宣言すべく口を開くが、レウムに遮《さえぎ》られた。

「何か？」

「まず私から言いたいことがある」

「どうぞ」

アルブスが発言を認めると、レウムはすぅと息を吸った。そして――。

「何故、王国軍は盗賊の討伐《とうばつ》に乗り出さん！」

大声で喚《わめ》き、円卓を叩いた。円卓が大きく揺《ゆ》れる。主導権を握《にぎ》ろうとする魂胆《こんたん》が見え見えで噴《ふ》き出しそうになるが、何とか堪《こら》える。

「国王陛下に打診《だしん》してはいますが……」

「国の治安を蔑《ないがし》ろにして何が王か！」

レウムが再び円卓を叩く。彼《かれ》の言葉は一般論《いっぱんろん》として正しい。だが、マグナス国王にしてみればそれこそ噴飯物《ふんぱんもの》の発言だろう。すぐに兵を出せないのは神殿派が王国を疲弊《ひへい》させ、さらに無茶な人事を通して多数の戦死者を出させたせいなのだから。藪蛇《やぶへび》になりかねないので口にはできないが――。

「国王陛下への批判は聞かなかったことにしておきましょう。しかし、我々は神殿の大神官《だいしんかん》です。自身が預かる神殿のことならばいざ知らず、盗賊の討伐を無理強《むりじ》いする訳には参りません」

「何をヌケヌケと」

レウムが吐き捨てるように言う。気持ちは分かる。というか、自分でもどの面下げて言っているのかと呆《あき》れている所だ。

「盗賊が現れ、商人達は怯《おび》えて取引を控《ひか》えているのだぞ!?　このままでは塩などの生活必《ひつ》需品《じゆひん》が高騰《こうとう》し、民草が疲弊してしまうッ！」

「ええ、胸が痛みます」

アルブスは胸に手を当て、小さく俯《うつむ》いた。俯きながらこの場で平然と嘘《うそ》を口にするレウムに感心してもいた。確かに盗賊が現れてから商人は神聖アルゴ王国と自由都市国家群を繋ぐ街道をあまり利用しなくなった。これは事実だが、彼らはフォマルハウト領――イグニス将軍経由で塩などの生活必需品を仕入れている。イグニス将軍に商売っ気がないこともあって塩などの価格はむしろ下がっている。

恐らく、レウムは通行税を取れなくなった領主や阿漕《あこぎ》な商売のできなくなった商人、盗賊に襲《おそ》われて辱《はずかし》めを受けた神殿騎士《しんでんきし》を抑《おさ》えることができなくなっているのだろう。だから神殿を巻き込んで盗賊を討伐しようとしている。いや、違うか。彼は強欲《ごうよく》だ。神殿を巻き込んで終わらせるとは思えない。となると——。

「我々が盗賊を討伐するしかなかろう」

「賛同できません」

「何故だ⁉」

「今は情報を集めるべきです」

「イグニス将軍は何もしておらん！」

ドンッ、とレウムが円卓を叩く。アルブスは小さく溜息を吐いた。

「我々は神殿——宗教家です」

「そんなことは分かっている」

「戦闘のプロではないのです。異端審問官《いたんしんもんかん》や神殿騎士を動員したとて勝てるとは限りません。勝てなければ神殿の権威《けんい》が傷付きます」

「勝てばよかろう！」

「神殿の権威を守らなければなりません」

アルブスが内心の苛立《いらだ》ちを隠《かく》して告げると、レウムは笑った。言質《げんち》を取ったと言わんばかりの笑みだ。

「ならば神殿の権威はお前が守ればいい」

「というと？」

「……」

あえて尋ねるが、レウムは答えない。無言でルーフスに視線を向ける。なるほど、ルーフスを抱《だ》き込んでいた訳か。意外とは思わなかった。真紅《しんく》神殿《しんでん》が発言力を増すにはイグニス将軍が死ぬのを待つか、何処《どこ》かで賭《か》けに出なければならない。流石にレウムの口車に乗るとは思わなかったが――。

「盗賊の討伐は蒼神殿《あおしんでん》と真紅神殿で行う」

「責任を取る覚悟《かくご》があると？」

「そういうことだ」

レウムは勝ち誇《ほこ》ったように言った。だが、と続ける。

「お前にも責任を取ってもらうぞ？」

「はて、何の責任でしょう？」

「静観――何もしなかった責任を取ってもらう」

「構いませんよ」

「「――ッ！」」

アルブスが即答《そくとう》すると、ウィリディスとフラウムがぎょっとこちらを見た。噴き出しそうになるが、表情筋を駆使《くし》して表情を保つ。

「盗賊《とうぞく》の討伐に成功したら議長の座を譲りましょう」

「その言葉に二言はないな？」

「もちろんです。信用できないのならば一筆書いても構いませんよ？」

「いや、そこまでする必要はない」

「ありがとうございます。しかし、盗賊が討伐されるまでは私が議長ですので議事進行を担当いたします。よろしいですね？」

「うむ、それで構わん」

もう議長になったつもりなのか、レウムは鷹揚《おうよう》に頷いた。

幕間『壊滅、アリデッド盗賊団』

帝国暦《ていこくれき》四三二年七月下旬《げじゅん》夕方――何かが動いた気がしてデュランは城壁《じょうへき》から身を乗り出した。目を凝《こ》らして原生林を見つめる。一秒、二秒、三秒――たっぷり五分が経過しても原生林に変化はない。どうやら見間違いだったようだ。安堵《あんど》の息を吐く。直後――。

「何をしてるみたいな？」

「――ッ！」

声を掛《か》けられた。突然の出来事だったので、びくっとしてしまう。

「何をしてるみたいな？」

「あ、いや、その……」

再び声を掛けられ、声の主――アリデッドに向き直る。だが、言葉が出てこない。不意にアリデッドの陰《かげ》からデネブが姿を現す。

「焦らないでＯＫだし」

「……原生林で何かが動いたような気がしたんです」

デュランは気分を落ち着けるために少し間を置いて答えた。くくくッという笑い声が響《ひび》く。笑い声のした方を見ると、ブルーノが手で口元を押《お》さえていた。

「こいつはビビりなんですよ」

「ビビりって言うな」

「今朝《けさ》からずっと同じことを繰《く》り返してるじゃねーか。それをビビりって言わないで何をビビりって言うんだよ」

「討伐隊が来るんだぞ？　ナーバスになっても仕方がないだろ」

デュランはムッとして返した。数日前、偵察隊《ていさつたい》がマルカブの街に神殿騎士が集まっているという情報を掴《つか》んだ。いつ攻《せ》め込んできてもおかしくない。普段と変わらないブルーノの方がおかしいのだ。

「デュラン、これが初めての実戦みたいな？」

「ここに来てから何度も実戦を経験してますよ」

「そうでしたみたいな。うっかりしてたし」

アリデッドがぴしゃりと額を叩《たた》く。本当にうっかりしていたのか、リラックスさせるための冗談だったのか判断に迷う所だ。

「ま、クロノ様も割とビビりな所があるから気にする必要はないし」

「そうなんですか」

「そうだしそうだし」

アリデッドはこくこくと頷き、いきなり眉根を寄せた。

「でも、よくよく考えてみると命知らずな所が多々あったりするるし」

「確かにドン引きさせられることが多々あるし」

アリデッドが腕《うで》を組んで言うと、デネブも腕を組んで言った。

「緊張は解《ほぐ》れたみたいな？」

「ええ、まあ……」

「じゃあ、一番槍《いちばんやり》というか、一番矢は任せるし」

え⁉　と思わず声を上げるが、アリデッドは構わず砦《とりで》の内側に向き直った。二十人ほどの兵士がいる。皆、休憩中《きゅうけいちゅう》の兵士だ。

「傾注《けいちゅう》！　斥候《せっこう》部隊から連絡《れんらく》があったみたいなッ！　物見櫓《ものみやぐら》の担当以外はあたしがいる城壁前面に集合するし！」

アリデッドが大声で叫ぶと、兵士達《たち》は弾《はじ》けるように動き出した。うんうん、とアリデッドは満足そうに頷き、原生林に向き直る。

「敵が来るんですか？」

「それならあんな馬鹿話しなくても――」

「そう言ったし」

「そういう言葉は自分で緩急《かんきゅう》を付けられるようになってから言うみたいな」

「がははッ、一本取られたな」

アリデッドが言葉を遮って言うと、ブルーノが豪快《ごうかい》に笑った。ややあって、バタバタという音が響く。兵士達が城壁の前面に集まりつつあるのだ。全員が集まった頃《ころ》、物見櫓から金属音が響いた。どうやら敵を発見したようだ。

しばらくして原生林から敵――百騎《ひゃっき》を超《こ》える騎兵《きへい》が姿を現す。全員、板金鎧《プレートアーマー》を身に纏《まと》っている。近衛騎士団《このえきしだん》もかくやという姿だ。気圧《けお》され、視線を横に向ける。だが、アリデッドとデネブは余裕綽々《よゆうしゃくしゃく》という感じで騎兵を見ている。その姿を見ていると、ナーバスになる必要はないのかなという気がしてくる。

敵騎兵の一騎が前に出る。兜《かぶと》に青い鬣《たてがみ》を付けた騎兵だ。彼は堀《ほり》の前で立ち止まると、声を張り上げた。

「盗賊団に告ぐ！　我々は神殿騎士であるッ！　無辜《むこ》の民から財貨を巻き上げ、神の権威を汚《けが》した貴様らの蛮行《ばんこう》は許しがたい！　よって神罰《しんばつ》を与えるッ！　だが、我々も鬼《おに》ではないッ！　素直《すなお》に降参すれば命だけは保障する！　返答や如何《いか》に⁉」

「デュラン、約束通り一番矢は任せるし」

「撃《う》っていいんですか？」

「言い返せって意味だし」

弓──第十三近衛騎士団から貸与《たいよ》された機工弓《きこうきゅう》を軽く持ち上げて言うと、アリデッドに手の甲《こう》で肩の辺りを叩かれた。

「言い返せと言われても」

「ぐッ、新兵はアドリブに弱いし」

「とりあえず、『馬鹿め』と言っておけばＯＫみたいな」

アリデッドが呻き、デネブが指示を出す。デュランは城壁から身を乗り出し──。

「『馬鹿め』だぞう──」

「アリデッドチョップ！」

「ぐはッ──！」

アリデッドにチョップを叩き込《こ》まれ、デュランは咳《せ》き込んだ。

「そのまま言ってどうするみたいな!?　相手を馬鹿にしつつ、こっちの士気を上げるような言葉をチョイスするみたいなッ！　具体的には友達同士でも喧嘩《けんか》になりそうな言葉を吐《は》くみたいなッ！」

「友達同士でも喧嘩になりそうな言葉……」

デュランは鸚鵡《おうむ》返しに呟《つぶや》いた。直後、閃《ひらめ》くものがあった。実際に口にしたことはないが、これならば相手が誰であっても喧嘩になる。

「おかんとやってろッ！」

大声で叫《さけ》ぶ。すると、空気が凍《こお》り付いた。言い過ぎたかと思ったが、もう遅《おそ》い。しばらくして——。

「イエエエエッ！　デュランが言ってやったみたいなぁぁッ！」

「うぉぉぉぉッ！　家に帰っておかんとやってろみたいなぁッ！」

「神殿の犬が！　泣かされない内に帰れッ！」

「犬でも孕《はら》ませてろッ！」

「そん時は名付け親になってやるぜッ！」

アリデッドとデネブが大声で叫び、第十三近衛騎士団の騎兵隊《きへいたい》、さらにはブルーノ達が聞くに堪えない罵詈雑言《ばりぞうごん》を浴びせた。

「貴様ら——」

「各員、弓を構えるみたいな！」

兜に青い鬣を付けた騎兵が激昂《げきこう》し、アリデッドが指示を出す。デュラン達は指示通りに弓を構え、矢を番《つが》えた。

「狙《ねら》いは任せたみたいな！　てぇぇぇぇッ！」

アリデッドが叫び、デュランは矢を放った。ばらばらと纏まりのない攻撃《こうげき》だったが、矢は兜に青い鬣を付けた騎《き》兵含《へいふく》めた十数名を射貫《いぬ》いた。

「こいつはおまけみたいな！」

アリデッドがマジックアイテムを騎兵に向かって投げる。ややあって、マジックアイテムがド派手な炎《ほのお》と爆音《ばくおん》を撒《ま》き散らして爆発《ばくはつ》する。商人を襲撃《しゅうげき》する時に何度も使ったマジックアイテムだ。殺傷力はないに等しい。だが、馬はパニックに陥《おちい》った。竿立《さおだ》ちになり、騎《き》手《しゅ》を振り落とすと正気を失ったように暴れる。落馬した騎兵が踏《ふ》み潰《つぶ》され、あるいは蹴《け》り飛ばされる。阿鼻叫喚《あびきょうかん》とはまさにこのことだ。だが――。

「第二射、急ぐし！」

アリデッドは手を緩《ゆる》めるつもりがないようだ。次の攻撃を指示する。異論はない。デュランは一射目より落ち着いた気分で矢を放った。矢が立ち上がろうとしていた騎兵の頭を射貫く。当然、騎兵は無事では済まない。ガチャという音と共に倒れて動かなくなる。初めて人を殺した。いや、一射目で殺していたかも知れないが、自分の攻撃で人が死んだのを見るのは初めてだ。奇妙《きみょう》な興奮を覚える一方で、こんなものかと冷めた気持ちを抱く。

「第三射以降は各自の判断で！　質より量を優先して撃つみたいなッ！」

アリデッドが叫び、デュランは矢を番えた。指示通り、質より量——スピードを優先して矢を放つ。最初は面白いように矢が当たった。だが、時間が経《た》つにつれ、当たりにくくなる。敵騎兵が冷静さを取り戻したのだ。やがて、連中は馬を捨て、木の陰に隠れた。

「撃ち方、止めみたいなッ！」

「撃ち方、止めッ！」

アリデッドが叫び、デネブが復唱する。デュランは弓を下ろし、手の平を見つめた。汗ばみ、小刻みに震《ふる》えている。

「騎兵で砦を攻めるとは愚《おろ》かの極《きわ》みだし。敵は戦の素人と見たみたいな」

「お陰で新兵に殺しの経験を積ませられたし。神様に感謝みたいな」

アリデッドとデネブの会話を聞きながらズボンで汗を拭《ぬぐ》う。その時、二人の男が近づいてくるのが見えた。赤い神官服と青い神官服の男だ。

「アリデッド——」

「分かってるし！」

アリデッドはデュランの言葉を遮って言うと機工弓を構え、矢を放った。半瞬遅《はんしゅんおく》れてデネブが矢を放つ。矢は一直線に進み、跳ね上がった。忽然《こつぜん》と姿を現した氷の塊《かたまり》が矢を防いだのだ。神威術《しんいじゅつ》だ。二人は神威術士なのだ。

赤い神官服の男が前に出て、両手を突《つ》き出す。赤い光が生まれ、それは一瞬《いっしゅん》で巨大《きょだい》な炎へと変わった。巨大な炎が迫《せま》る。誰かが矢を放つが、炎を突き抜《ぬ》けただけで終わった。

「「伏《ふ》せるみたいなッ！」」

アリデッドとデネブが叫び、デュラン達は床《ゆか》に伏せた。そして、着弾《ちゃくだん》。巨大な炎は城壁に当たると、爆発的《ばくはつてき》な勢いで広がった。肌《はだ》が痛み、目を閉じているにもかかわらず視界が赤く染まる。神威術だからだろうか。熱気が嘘のように引く。だが、デュランはすぐに目を開けられなかった。もし、目を開けて自分の体が焼け焦《こ》げていたら──。そんな妄想《もうそう》が湧《わ》き上がってきたのだ。

「いつまで寝《ね》てるみたいな！」

真っ黒な視界に火花が飛ぶ。多分、蹴られたのだろう。意を決して目を開け、ホッと息を吐く。体は焼け焦げていなかった。

「起きろ起きろ！　いつまでも寝てるんじゃないみたいなッ！」

「立ち上がって矢を放たないと永眠《えいみん》しちゃうみたいな！」

「──ッ！」

アリデッドとデネブが喚き散らし、デュランは勢いよく立ち上がった。わずかに視線を落とすと、城壁の一部が焼け焦げていた。この分ならば、いや、城壁の心配をしている場合ではない。矢を放たなければ。神官服の男を探す。幸いにもというべきか、二人はまだ先程《さきほど》と同じ場所に立っていた。

デュランは弓を構え、矢を放った。だが、二人を庇《かば》うように移動した氷の塊に弾かれる。ブルーノ達も矢を放つが結果は同じだ。こんなヤツらに勝てるのかという思いが湧き上がる。

「弱気になってる暇《ひま》があったら矢を放つみたいな！　術を使わせ続ければ神威術士は自滅《じめつ》するしッ！」

「イグニス将軍に比べればまだ可愛《かわい》い相手だし！」

アリデッドとデネブが味方を鼓舞《こぶ》するように叫び、デュランは矢を放った。矢を放ち続ければ一方——青い神官服の男の動きを封《ふう》じられると気付いたからだ。赤い神官服の男が胸の前で手を打ち鳴らし、手を離《はな》す。手と手の間に生まれたのは無数の小さな炎だ。赤い神官服の男が無数の小さな炎を放つ。無数の小さな炎が巨大化《きょだいか》しながら迫ってくる。といっても一発目ほど大きくない。無数の炎が城壁に着弾、強烈《きょうれつ》な熱風が皮膚《ひふ》を炙《あぶ》る。熱い。だが、それだけだ。

このまま矢を放ち続ければ自滅させることができるのではないか。そう考えた瞬間《しゅんかん》、二人が動いた。こちらに駆《か》けてきたのだ。しかも、青い神官服の男は氷の壁《かべ》と呼ぶべきものを正面に展開している。きっと、デュランとは逆のこと——このままでは自滅させられると考えて、攻めに転じたのだ。

「近づけさせるんじゃないし！」

「撃て！　撃てみたいなッ！」

アリデッドとデネブが叫ぶが、デュラン達はすでに矢を放っている。相手が走っていることもあって殆《ほとん》どの矢は外れた。だが、何本かは氷の壁を貫《つらぬ》いて青い神官服の男に突き刺《さ》さっている。だというのにスピードを緩めない。堀に辿《たど》り着き、赤い神官服の男は城門に向け、炎を放った。炎は城門に触《ふ》れるや否《いな》や激しく燃え上がった。幸い、仲間は巻き込まれずに済んだ。

「城門が燃えても問題ナッシングみたいな！　堀を渡《わた》る手段が——」

「お姉ちゃん！」

「あたしをお姉ちゃんと呼ぶなみたいな！」

デネブが言葉を遮って叫び、アリデッドが叫び返す。そんなに『お姉ちゃん』と呼ばれたくないのかと思わないでもない。

「で、何か用みたいな⁉」

「下！　下ッ！」

「うげッ！」

デネブが下——堀を指差し、アリデッドは呻いた。青い神官服の男が堀の傍《かたわ》らに跪《ひざまず》き、水を凍らせていたのだ。

「撃て撃てみたいなッ！」

アリデッドが叫び、デュラン達は矢を放った。赤い神官服の男が炎の盾《たて》を展開し、矢を防ごうとする。矢が蒸発する。もっとも、蒸発させられたのは数本だけだ。それ以外は二人に突き刺さった。

「「撃て撃てみたいなッ！」」

アリデッドとデネブが叫び、デュランは矢を放つ。この調子なら勝てると安堵にも似た思いを抱き、ふとある疑念が湧き上がった。デネブはこの二人を『イグニス将軍に比べれば可愛い相手』と評した。だとすればイグニス将軍はどんなバケモノなのだろうと。そんな男を相手に勝利を収めたクロノは何なのかと。

やがて、堀が凍り付き、氷の橋が完成する。それと同時に城門が崩《くず》れ、青い神官服の男も力尽きたように倒れた。鬨《とき》の声が上がる。敵騎兵——といっても全員下馬しているが——の声だ。城門が崩れたことで勢いづいたようだ。木の陰から飛び出し、こちらに駆けてくる。砦に入れまいと矢を放つが、焦《あせ》っているせいか、なかなか当たらない。ようやく一人射殺した時には数十人の騎兵が氷の橋を渡りきり、砦に侵入《しんにゅう》しようとしていた。

砦の内側に視線を向ける。すると、地面が陥没《かんぼつ》した。最前列にいた騎兵が地面に呑《の》み込まれ、悲鳴が上がる。当然か。陥没した地面――落とし穴の底には先端《せんたん》を尖《とが》らせた杭《くい》が何十本と埋《う》まっているのだから。

悲鳴が上がっても後続の騎兵は止まれない。さらに後続の騎兵に押されて次々と落とし穴に落下していく。まるで集団自殺だ。もちろん、デュランは人間が自殺する様を見たことがないが――。

うははッ！　と笑い声が響く。アリデッドとデネブが笑っているのだ。

「馬鹿め！　あたしらが素直に門を作ると思ったかみたいなッ！」

「あたしらはアーサー・ワイズマン先生の薫陶《くんとう》を受けているみたいなッ！」

残った敵騎兵の動きは迅速《じんそく》だった。後退すると、二手に分かれたのだ。堀に沿って移動を始める。別の城門を探すつもりなのだ。

「散開するし！」

「敵を一人でも多く倒《たお》せみたいな！」

アリデッドとデネブの命令に従い、仲間が散開する。デュランは足を踏み出し、すぐに動きを止めた。突然《とつぜん》、視界が翳《かげ》ったのだ。

「『城壁から飛び降りるみたいな！』」

「――ッ！」

アリデッドとデネブが叫び、デュランは砦の内側に向かって飛んだ。次の瞬間、爆風《ばくふう》が押し寄せ、地面に叩き付けられる。立ち上がり、反射的に振《ふ》り返ると、城壁の上部が粉塵《ふんじん》に覆《おお》われていた。粉塵を突き破《やぶ》り、アリデッドとデネブ、ブルーノが地面に降り立つ。いや、ブルーノは地面に叩き付けられたというべきだろうか。

何が起きたのかと考えるまでもない。赤い神官服の男が神威術を使って城壁の上部を吹《ふ》き飛ばしたのだ。粉塵に影《かげ》が映る。

「散るみたいな！」

「『――ッ！』」

アリデッドが鋭《するど》く叫び、デュラン達は四方に散った。ややあって粉塵の中から赤い神官服の男が飛び出してきた。地面に降り立ち、デュランとの距離を詰めようとする。

「俺《おれ》かよ！」

反射的に後ろに跳《と》ぶ。だが、引き離すどころか距離《きょり》を詰《つ》められてしまった。目を細めると、赤い光が見えた。神威術で身体能力を底上げしているのだ。赤い神官服の男が腰《こし》に手を伸《の》ばす。そこにあったのは剣《けん》だ。このままではやられる。決断は一瞬。デュランは弓を投げつける。すると、赤い神官服の男は剣を抜き放ち、未《いま》だ空中にある弓を叩き切った。借りた弓を破壊《はかい》された。しかし、そのお陰でデュランは剣を引き抜くことができた。赤い神官服の男が剣を振りかぶり、デュランは前に出た。ようやく、ようやく鍛《きた》え直した剣技を披露《ひろう》することができると考えたその時――。

「剣を合わせちゃ駄目《だめ》みたいなッ！」

「――ッ！」

アリデッドが叫び、デュランは横に跳んだ。半瞬《はんしゅん》前までデュランがいた場所を刃《やいば》が通り過ぎる。ただの刃ではない。熱を帯びている。神威術・祝聖刃《しゅくせいじん》――攻撃力《こうげきりょく》を向上させる術を使っているのだ。弓が破壊された瞬間を思い出す。今にして思えばあの時も神威術を使っていたのだろう。そうでなければいくつもの素材を組み合わせて作った弓を容易《たやす》く破壊できる訳がない。アリデッドが叫んでくれなければ死んでいた。そのことを理解して汗が噴き出す。本当に嫌になる。判断を誤れば死ぬ状況《じょうきょう》で注意深く観察することを怠《おこた》ってしまったのだから。

赤い神官服の男が再び攻撃を仕掛《しか》けてくる。いけない。自己嫌悪《じこけんお》に浸《ひた》っている場合じゃない。戦いに集中しなければ。思考を切り替《か》えて攻撃を躱《かわ》す。躱すだけだ。スピードが速すぎて反撃《はんげき》に転じられない。だが、今回に限っていえば躱すだけで十分だ。

「オラァァァッ！」

ブルーノが雄叫《おたけ》びを上げ、棍棒《こんぼう》で赤い神官服の男を殴《なぐ》りつける。神威術で能力を底上げしていても体重は変わらない。普通《ふつう》の人間と同じように吹き飛ばされる。もっとも、ダメージは浅いようだ。すぐに体勢を立て直して攻撃を仕掛けてくる。

狙いはブルーノだ。吹き飛ばされたことでブルーノを脅威《きょうい》と認識《にんしき》したのだろう。格下扱《あつか》いされたことに怒《いか》りを覚えるが、ありがたくもある。それはデュランを警戒《けいかい》していないということなのだから。

デュランは男の脇腹《わきばら》に剣を叩き込んだ。装備も強化の対象なのか、神官服を切り裂《さ》けなかった。それでも、多少はダメージを与《あた》えられたようだ。動きが目に見えて鈍《にぶ》る。

「デュラン！」

「いちいち呼ぶんじゃねぇッ！」

デュランはブルーノに叫び返し、二人がかりで攻撃を仕掛けた。赤い神官服の男はたちまち防戦一方になる。このままではやられると判断したのか、赤い神官服の男は後方に大きく跳躍《ちょうやく》した。神威術を使うつもりか、腕を振り上げる。赤い光が生まれる。だが、赤い光はすぐに消えた。二本の矢が腕を貫いたのだ。アリデッドとデネブの援護《えんご》だ。畳《たた》みかけるべくデュラン達は一気に距離を詰めた。いや、詰めようとした。刹那――。

「――ッ！」

赤い神官服の男が吠《ほ》えた。人間とは思えない、まるで魔物《まもの》のような咆哮《ほうこう》だった。

「離れるしッ！」

「「――ッ！」」

アリデッドが悲鳴じみた声で指示を出し、デュラン達は後ろに跳んだ。ほぼ同時に赤い光が広がる。もちろん、発生源は赤い神官服の男だ。放射状に広がった赤い光が体を通り抜け、デュラン達は膝《ひざ》を屈《くっ》した。全身が焼けるように熱く、動けそうにない。

「――ッ！」

赤い神官服の男は鋭い呼気を発し、地面を蹴った。空間に赤い残像が残るほどのスピードだ。狙いはデネブだ。距離を詰められまいと矢を放つ。だが、矢は赤い神官服の男に触れる直前で蒸発した。赤い神官服の男が剣を振り上げる。逃《に》げろ！　と叫びたかった。だが、ヒューヒューと音が漏《も》れるだけだ。

剣がわずかに動き、赤い神官服の男は吹っ飛んだ。横合いから飛び出した人物が蹴りを見舞《みま》ったのだ。どれほどの威力《いりょく》が秘《ひ》められていたのか、赤い神官服の男は十メートル以上離れた所にある建物に叩き付けられた。蹴りを見舞った人物は――。

「お姉ちゃん！」

デネブが驚《おどろ》いたように叫ぶ。そう、蹴りを見舞った人物はアリデッドだった。だが、デネブが叫んだのはそれだけが理由ではない。赤い光が蛮族《ばんぞく》の戦化粧《いくさげしょう》のようにアリデッドを彩《いろど》っていた。刻印術《こくいんじゅつ》——三十余年前にケフェウス帝国《ていこく》に侵入してきた蛮族が使ったとされる精霊《せいれい》と同化するための呪法《じゅほう》だ。

「なんで……」

「……」

デネブが呆然《ぼうぜん》と呟くが、アリデッドは無言だ。無言で建物の壁にめり込んだ赤い神官服の男を睨《にら》んでいる。赤い神官服の男が壁から自身の体を引き剥《は》がす。膝を屈《かが》め、地面を蹴る。爆音が轟《とどろ》き、建物が崩れる。赤い神官服の男は爆発的な加速を得て、アリデッドとの距離を詰めようとする。

アリデッドが距離を取るべく地面を蹴る。速い。だが、赤い神官服の男には劣《おと》る。徐々《じょじょ》に距離が詰まっていく。それでも、まだ十分な距離がある。アリデッドは走りながら弓を構え、次々と矢を放った。赤い神官服の男は剣で矢を打ち払《はら》う。もっとも、それができたのは最初の一本だけだ。二本目以降の矢は貫通《かんつう》し、広範囲《こうはんい》を抉《えぐ》り抜く。あっという間に体が穴だらけになる。いや、穴だらけなんてレベルではない。残っている部分の方が少ない

のだ。それなのに矢を受ける前と同様の動きでアリデッドとの距離を詰めようとする。骨がなくなっている部分もあるのにどうすればそんな動きができるのか。

アリデッドが矢を撃ち尽《つ》くし、赤い神官服の男が地面を蹴る。数メートルの距離を一息で詰め、剣を振り下ろす。甲高《かんだか》い音が響く。アリデッドが弓で剣を受け止めたのだ。剣を受け流し、デネブに向かって跳ぶ。目的は矢の補給だ。デネブが矢筒から矢を抜き、アリデッドに投げる。

「お姉ちゃん！」

アリデッドはデネブが投げた矢を掴むと弓を構えた。赤い神官服の男が振り返り、アリデッドが矢を放つ。矢が胸の中央を貫き、赤い神官服の男は糸が切れた操《あやつ》り人形《にんぎょう》のように膝を屈した。

力を使い果たしたのか、赤い神官服の男は膝を屈したまま動こうとしない。ぼんやりと空を見上げ、もごもごと口を動かす。刹那、赤い神官服の男は赤い光を放ち、爆発した。いや、炎に変わったというべきか。赤い神官服の男が変じた炎は幾筋にも分かれ、砦の内側にあった建物に降り注ぐ。

アリデッドがプハーッと息を吐き、体を彩っていた刻印《こくいん》が消える。

「おい、動けるか？」

「あ、ああ……」

ブルーノに声を掛けられ、デュランは震える脚《あし》で立ち上がった。やや遅れてブルーノも立ち上がり、アリデッドのもとに向かう。デネブも一緒《いっしょ》だ。

「三人とも——」

「お姉ちゃん、いつ刻印を彫《ほ》ったの？」

「姉の言葉を遮らないで欲《ほ》しいし」

デネブに言葉を遮られ、アリデッドは拗《す》ねたように唇《くちびる》を尖らせた。

「で、いつ彫ったの？　っていうか、なんで今まで使わなかったの？」

「切り札は最後まで取っておくもんだし。それに……」

アリデッドが勝ち誇ったように言った次の瞬間、鼻血が出た。

「おう、鼻血が出たし」

「はい、ハンカチ」

「サンキューみたいな」

アリデッドはデネブからハンカチを受け取り、鼻を押さえた。白いハンカチが血を吸って赤く染まる。

「刻印を彫り始めたのはスーが来て、しばらく経ってからみたいな。そして、使わなかった理由は見ての通りだし」

「鼻血が出るの？」

「体に負担が掛かって長時間使えないみたいな。あと、単純に集中力がないから使いにくかったというのもあるし」

どうせ、使うなら格好つけたかったみたいな、とアリデッドは小声で付け足す。ところで、とデュランは切り出した。

「これからどうするんですか？」

「……」

アリデッドは無言で視線を巡《めぐ》らせた。砦の内側にある建物は炎に包まれ、パチパチという音が響いている。

「場所がバレたことだし、この砦は破棄《はき》するみたいな！」

「じゃあ、このまま撤退《てったい》ですか？」

「んな訳ないし。ここからあたし達――アリデッド盗賊団の本当の戦いが始まるみたいな」

そう言って、アリデッドは拳《こぶし》を握《にぎ》り締《し》めた。

終章『下剋上』

深夜――アルブスが扉《とびら》を開けると、いつもと同じようにルーフス、ウィリディス、フラウムが席に着いて待っていた。今日くらいは早く来ると思ったのだが、やはりレウムの姿はない。軽く会釈《えしゃく》をして自身の席に着く。

しばらくしてレウムが入ってきた。いつになく上機嫌《じょうきげん》だ。どっかりと腰を下ろし、にんまりと笑《え》みを浮《う》かべる。にんまりと笑みを浮かべただけだ。よほどアルブスに敗北宣言をさせたいらしい。仕方がない。アルブスは居住まいを正し、深々と頭《こうべ》を垂れた。

「盗賊団の討伐《とうばつ》成功、おめでとうございます」

「なに、大したことではない」

言葉とは裏腹にレウムの表情はだらしなく緩んでいる。

「ところで……、分かっているな？」

「ええ、分かっております。何もしなかった責任を取り、議長の座をお譲《ゆず》りしましょう」

「分かればいい」

レウムは鷹揚に頷《うなず》いたが、本当は議長の座を譲る必要などない。何しろ、百人近い死傷者を出したばかりか、異端審問官《いたんしんもんかん》――貴重な神威術士《しんいじゅつし》まで死なせたのだ。しかも、盗賊団の逃走《とうそう》を許している。これでは討伐した内に入らない。

それでも、議長の座を譲ったのはイグニス将軍の件があるからだ。イグニス将軍の最終目標が分からない以上、議長の座を譲った方が被害《ひがい》を抑《おさ》えられると考えたのだ。もちろん、議長の座を失っただけで終わる可能性もあるが――。

私の判断が正しいかどうかは神のみぞ知るという所ですかね？　とアルブスは口元を隠すように手を組み、口角を吊り上げた。

あとがき

このたびは「クロの戦記14　異世界転移した僕が最強なのはベッドの上だけのようです」をお買い上げ頂き、誠にありがとうございます。皆様のお陰で14巻発売&シリーズ累計65万部突破です。これからも楽しんで頂けるように頑張りますので、今度ともお引き立てのほどお願いいたします。

続きまして謝辞になります。担当S様、いつもお世話になっております。毎回ページ数の想定が甘くて申し訳ありません。むつみまさと先生、いつも素敵なイラストありがとうございます。ミニデネブ、可愛いです。

最後に宣伝を。少年エースPlus様にて漫画「クロの戦記Ⅱ」大好評連載中&コミックス第2巻大絶賛発売中です‼　ユリシロ先生が描く迫力のバトル&肌色シーンをご堪能下さい。それから書き下ろし特典SS付きレイラさん抱き枕カバー大好評発売中です。ご興味を持って頂けましたらホビージャパン様のオンラインショップにアクセスをお願いします。小説版、漫画版ともども「クロの戦記」をよろしくお願いいたします。それでは‼

双子による盗賊作戦や、ナイトレンジャー、
商売ルートの確立など、クロノによる王国での潜入工作は成功していた。
そうして打撃を受けた神殿勢力が、
事態解決のためついに動き出す。
2024年秋、発売予定!!

どうにか内乱にまで発展しないよう動くクロノだったが、
神殿の刺客はクロノたちを狙って入り込んでいて……
神殿勢力との直接戦闘が始まる!?
クロの戦記15
異世界転移した僕が最強なのは
ベッドの上だけのようです

HJ文庫 https://firecross.jp/
1154

クロの戦記14
異世界転移した僕が最強なのはベッドの上だけのようです

2024年6月1日 初版発行

著者――サイトウアユム

発行者―松下大介
発行所―株式会社ホビージャパン

〒151-0053
東京都渋谷区代々木2-15-8
電話 03(5304)7604（編集）
03(5304)9112（営業）

印刷所――大日本印刷株式会社

装丁――木村デザイン・ラボ／株式会社エストール

Printed in Japan

ISBN978-4-7986-3503-3 C0193